Mascha Dabić

REIBUNGSVERLUSTE

Roman

EDITION ATELIER WIEN

*Wer der Folter erlag, kann nicht mehr
heimisch werden in der Welt.*
(Jean Améry)

Die wahre Heimat ist eigentlich die Sprache.
(Wilhelm von Humboldt)

- aufwachen -

Ich muss das Bett endlich umstellen, dachte Nora. Das dachte sie jeden Morgen beim Aufwachen, vergaß es aber im Laufe des Tages. Die Bücher waren überall, stapelten sich auf dem kleinen Esstisch und auf den beiden Stühlen, räkelten sich lose auf der Gästecouch und bildeten auf dem Boden größere und kleinere Türmchen, die in sich zusammenzufallen drohten. Die Bücher führten ein Eigenleben und waren darauf aus, Noras winzige Wohnung in Beschlag zu nehmen. Wie Gremlins, dachte Nora und zog sich die Decke über den Kopf, wie sie es als Kind getan hatte, während ihr älterer Bruder fasziniert den kleinen weißen Kuschelmonstern beim unkontrollierten Vermehren zugeschaut hatte. Nora hatte sich vor den Gremlins gefürchtet, Max wiederum hatte sich genüsslich über die Angst seiner kleinen Schwester lustig gemacht. Ich muss Max zurückrufen, dachte Nora. Ich muss, ich muss ... jeder neue Tag begann mit Selbstbezichtigungen und unerledigten Verpflichtungen, die es nachzuholen galt, sowie mit dem Gefühl, dass die Bücher sie vorwurfsvoll anblickten und nur darauf warteten, angeschaut und gelesen und bearbeitet oder zumindest in Ordnung gebracht zu werden. Aber Nora dachte nicht daran, die Bücher anzurühren. Seit vier Wochen befand sie sich in einem Lesestreik, den sie zu ihrem eigenen Staunen selbst ausgerufen hatte, als sie mit wildfremden Leuten in einem Irish Pub auf ihren Dreißiger angestoßen hatte. Sie konnte nicht mehr genau rekonstruieren, wie sie dort gelandet war und mit wem, und schon gar nicht, wie sie auf diesen hirnrissigen Quartalsvorsatz gekommen war. Dreimonatiger Lesestreik. So ein Schmarrn, hatte sie am nächsten Tag lachend und mit brummendem Schädel gedacht, aber dann hatte sich die sprichwörtliche Schnapsidee, drei Monate lang bewusst kein Buch mehr anzurühren, wie ein Ohrwurm in ihrem Kopf festgesetzt, und sie musste nach zwei Wochen feststellen, dass sie tatsächlich bücherabstinent geworden war und ihr diese Nulldiät durchaus behagte. Seit Nora denken konnte, hatte sie immerzu irgendwelche Bücher vor der Nase gehabt, meistens mehrere gleichzeitig, Bilderbücher, Kindergeschichten, Abenteuerromane, Karl May, Die drei Fragezeichen, Jugendbücher über Pferde und Internate, später Sherlock Holmes und Poirot und Miss Marple und dann die düstere Welt von Edgar Allan Poe. Irgendwann war die sogenannte Weltliteratur allmählich in ihr Leben eingesickert, ihr erster weltliterarischer Sommer war von Kafka, Tschechow und Proust dominiert gewesen, und von da an hatte sie stets das Gefühl gehabt, immer weiter auf die hohe See hinauszuschwimmen, und kein Ende in Sicht. Je mehr sie las, desto unbelesener und ungebildeter fühlte sie sich. Wie die Russen sagen: Je tiefer in den Wald hinein, desto dichter das Holz. In den letzten beiden Jahren in Sankt Petersburg hatte die Leseobsession einen Höhepunkt erreicht. In Vladimirs Wohnung, die fast dreimal so groß war wie ihre jetzige Wiener Höhle, hatten sich die Bücher ebenso unkontrolliert vermehrt, im Schlafzimmer, im Bad, im Wohnzimmer, im Gästezimmer und in der Küche. Das hatte Vladimir zur Weißglut getrieben. Wenn Nora heute an ihre zweieinhalb Russlandjahre dachte, musste sie mit Bedauern feststellen, dass sie sich mehr an diverse Figuren und Szenen aus Romanen erinnerte als an Begegnungen mit realen Menschen. Damit sollte nun Schluss sein. Lesen oder Rauchen, Kopf oder Zahl: eine Sucht musste für drei Monate verschwinden, das hatte sie an ihrem dreißigsten Geburtstag spontan beschlossen. Es wurde Kopf, also musste das Lesen dran glauben. Seltsamerweise fehlte es ihr nicht. Erstaunlich, wie gut es sich anfühlte, zur Abwechslung nicht in der Schuld eines Bücherstapels zu stehen. Sie ertrug das Chaos in ihrer Wohnung mit Gleichmut. Ab und zu schob sie ein Buch mit dem Fuß zur Seite, aber ansonsten tat sie so, als wären die Bücher gar nicht da. Weit und breit kein Vladimir, der hätte protestieren können.

Der Wecker läutete zum zweiten Mal. Die zehnminütige Gnadenfrist war vorüber. Nora rappelte sich aus dem Bett hoch, murmelte »Scheiße« und ging die wenigen Schritte zum Bad. »Scheiße«. Auch das wollte sie sich abgewöhnen, dieses rituelle allmorgendliche Fluchen. »Jetzt redest du schon mit dir selbst. Bist halt wieder eine richtige Wienerin«, sagte sie halblaut und grinste ihr Spiegelbild an. Dann vergrub sie ihr Gesicht im kalten Wasser.

Nora genoss es, in der ersten Viertelstunde ihres Tages der Welt ohne Brille entgegenzutreten. Im Spiegel sah sie einen dunkelbraun umrahmten beigefarbenen Teigklumpen, die gemusterten Bodenfliesen verschmolzen zu einer meeresblauen glatten Fläche und das aufgetürmte schmutzige Geschirr vom Wochenende zeigte sich von seiner farbenfrohen Seite. Nora mochte ihre frühmorgendliche Sicht der Dinge. Was sie mit ihren sieben Dioptrien und dem Astigmatismus im linken Auge sah, das vermochte außer ihr niemand zu sehen. Die verschwommene, impressionistische Farblandschaft gehörte ganz allein ihr. Als Kind hatte sie es geliebt, heimlich die Brillen ihrer Eltern aufzusetzen. Die standardmäßige Warnung »Du ruinierst dir noch die Augen« ließ die altmodischen Aschenbecherbrillen nur noch begehrenswerter erscheinen, und wann immer sich eine günstige Gelegenheit bot, griff die kleine Nora entschlossen zu. Die Mutter war kurzsichtig, der Vater weitsichtig, und so wirkten alle Gegenstände im Wohnzimmer durch Mutters Brille winzig klein und scharf umrissen, und man bekam davon Kopfweh, während Vaters Brille eine ganz andere Welt offenbarte, eine verschwommene, gewölbte, verzerrte und vergrößerte, so wie auch ihre eigenen Augen – wenn sie sich mit Vaters Brille auf der Nase im großen Wohnzimmerspiegel betrachtete – riesig wirkten, wie die Augen des großmutterfressenden Wolfs in Noras erstem Lesebuch. Für Nora waren die Brillen der Eltern so etwas wie der Wunderpilz bei Alice im Wunderland. Ein und dasselbe Ding konnte mit einem Schlag größer oder kleiner erscheinen. Ein erster dezenter Hinweis des Lebens darauf, dass jeder die Welt auf seine eigene Weise wahrnahm.

Vladimir hatte ihr die häusliche Brillenlosigkeit als Faulheit und Realitätsflucht angekreidet. »Du willst wohl deine Haustiere nicht mehr sehen, deine Staubmäuse«, sagte er dann und zog sie am Ohrläppchen. »Du bist mein Staubmäuschen.« Ihm gefielen diese unregelmäßigen Verkleinerungsformen im Deutschen, wie Bäuchlein und Füßchen und Häuschen. »Selber Staubmäuschen«, antwortete sie dann und gab ihm einen Kuss auf sein Mäuschenschnäuzchen. Staubmäuse spielten sie, wenn Vladimir gut gelaunt war. Hatte er jedoch schlechte Laune, machte ihn Noras Sehverweigerung richtig wütend. Dann schimpfte er sie eine rücksichtslose Egoistin, die seine Wohnung verdreckte, während er sich den Rücken krumm arbeitete und jede Dienstreise, *komandirowka*, die ihm der Abteilungsleiter aufbrummte, notgedrungen akzeptierte, und überhaupt, wenigstens die Bücher aus der Küche könnte sie doch wegräumen, das wäre ja wohl nicht zu viel verlangt.

Nora wusste selbst nicht, warum sie morgens immer an Vladimir dachte. Da gab es nichts mehr zu denken, es war vorbei, und sie vermisste ihn nicht, und auch nicht den gemeinsamen Alltag. Nach dem Aufwachen kreisten ihre Gedanken jedoch unweigerlich um Vladimir, oder besser gesagt um seine Abwesenheit. Als wäre da ein Loch neben ihr, so ein Warp-Loch, das sich ihre Gedanken und Gefühle einverleibte. Offenbar hatte sich ihr Organismus noch nicht daran gewöhnt, alleine aufzuwachen. Mit Vladimir hatte es Rituale gegeben, kleine Gesten und Worte, mit denen sie gemeinsam den Übergang vom Schlaf in den Wachzustand überbrückt hatten, diesen Zwischenraum, in dem Wahrnehmungen und Gedanken ein Eigenleben führten. Seit Nora allein schlief, fühlte sich das Aufwachen anders an. Früher hatte sie Vladimir fast jeden Morgen erzählt, was sie geträumt hatte, noch bevor sie richtig wach geworden war. Der schläfrige Vladimir hatte nur mit halbem Ohr zugehört und zwischendurch ein desinteressiertes »*prawda?*«, »tatsächlich?« eingeworfen. Jetzt war keiner da, dem Nora ihre ausufernden Träume anvertrauen konnte, solange sie noch frisch waren und bevor sie der Klarheit der wachen Gedanken weichen mussten wie Tautropfen den ersten Sonnenstrahlen. Seit Nora wieder allein schlief, träumte sie nicht mehr viel. Das lag wohl daran, dass Vladimirs Schnarchen ihren Schlaf nicht länger störte.

Mit nassem Gesicht trat sie zum Herd und nahm die Espressokanne in die Hand. Nur mit Mühe gelang es ihr, die beiden Hälften auseinanderzuschrauben. Um diese Uhrzeit hatte sie noch wenig Kraft in den Händen. Sie holte das Zwischenstück mit dem Kaffeesatz von gestern heraus, drehte es um und pustete kräftig in die runde Öffnung. Der Kaffeesatz löste sich sauber von den Rändern und landete in ihrer hohlen linken Hand. Ein Trick, den sie von Vladimir gelernt hatte, den dieser wiederum auf einer Dienstreise in Italien aufgeschnappt hatte. Vermutlich von einer Italienerin, mit der er sie höchstwahrscheinlich betrogen hatte, wenn Betrügen überhaupt der richtige Ausdruck dafür war. Das war alles nicht mehr wichtig. Im Gegenteil, Nora amüsierte sich insgeheim über den Gedanken, dass sie durch Weisheiten, die sie aus Vladimirs Mund gehört hatte, indirekt mit den anderen Frauen in seinem Leben verbunden war. So hingen die Dinge zusammen.

Nora knetete den Kaffeesatz mit der linken Hand und wusch sich anschließend damit die Hände wie mit einer Seife. Den Pflegetipp hatte sie ihrer früheren russischen Mitbewohnerin Olga zu verdanken, die das wiederum in einer Frauenzeitschrift gelesen hatte. Angeblich bescherte Kaffee, als Peeling zweckentfremdet, eine glatte Haut. Russische Frauen legten den allergrößten Wert auf schöne Hände, und Nora hatte sich nach Kräften Mühe gegeben, dieser allgegenwärtigen ästhetischen Anforderung gerecht zu werden. Ihre eigenen Hände waren ihr in Russland mit einem Mal klobig und ungepflegt erschienen. Immerhin hatte sie sich in Russland abgewöhnt, an der Nagelhaut zu knabbern, nachdem Olga sie eines Abends resolut zurechtgewiesen hatte: »So geht das nicht, meine liebe Norotschka. Mit solchen Händen machst du keinen Eindruck auf Männer. Komm, ich zeige dir, wie man richtige Maniküre macht. Kostet nichts und dauert nicht lang.« Daraufhin war Olga in ihrem Zimmer verschwunden. Sekunden später war sie mit einem frischen Handtuch, einer Glasschüssel und einem altmodischen Lederetui zurückgekehrt. Aus dem Etui, in dem, wie Nora später erfuhr, schon Olgas Großmutter ihre Utensilien zur Nagelpflege aufbewahrt hatte, holte Olga diverse Werkzeuge heraus, mit denen sie sich daranmachte, Nora zu raffinierten russischen Damennägeln zu verhelfen. Zuerst musste man die Finger im Wasser aufweichen, erklärte Olga und goss lauwarmes Wasser in die Glasschüssel. So ließ sich die Nagelhaut leichter entfernen. Danach wurden die Nägel sorgfältig gefeilt und die Hände mit einer Feuchtigkeitscreme einmassiert. Die ganze Prozedur nahm etwa eine halbe Stunde in Anspruch. Zum Schluss durfte Nora aus einer eckigen dänischen Keksdose, in der Olga ihre Nagellacke aufbewahrte, eine Farbe auswählen, um sich anschließend von Olga fachmännisch erklären zu lassen, wie man einen Nagellack richtig auftrug. »Du fängst in der Mitte des Nagelbetts an, siehst du? So. Dann arbeitest du dich hinauf, fast bis zur Nagelhaut. Aber nur fast. Du darfst mit dem Pinsel nicht anstoßen, sonst verliert die Farbfläche ihre Kontur. Ja, so ist es gut.« Nora hatte sich für einen knallroten Nagellack entschieden, bezeichnenderweise ein Essie mit dem Namen *Russian Roulette*, denn ihre Schwäche für die Magie von Wörtern und Eigennamen konnte sie selbst bei der Auswahl von Lacken, Parfums, Zigarettenmarken oder Wohnadressen nicht ganz ablegen. Es war wohl nur einem Zufall zu verdanken, dass sie zwei Tage später, mit ihren tadellos rot lackierten Nägeln bewaffnet, Vladimir in einem Lokal kennengelernt und aus einer puren Laune heraus verführt hatte. Olga glaubte nicht an einen Zufall, ihrer Meinung nach war es gerade die Maniküre gewesen, die Noras Weiblichkeit zur Geltung gebracht und ihr damit zu dem verholfen hatte, was sich zunächst wie Liebesglück oder Glück in der Liebe angefühlt hatte. Später lackierte sich Nora nur noch selten die Nägel, beherzigte aber Olgas Ratschläge bezüglich Maniküre und legte sich eigens dafür ein Handtuch, eine Glasschüssel und ein schlichtes Lederetui zu. Auch als sie später mit Vladimir zusammengezogen war, widmete sie zwischendurch einen Abend ihrer Nagelpflege, mit Rachmaninows Drittem Klavierkonzert im Hintergrund, zur großen Belustigung von Vladimir, der ihr kopfschüttelnd eine ästhetische Assimilierung attestierte. Seit Nora wieder in Wien lebte, waren die Manikürestizungen seltener geworden, aber das tägliche Kaffeepeeling für die Hände war inzwischen Routine. Olga selbst hatte immer nur schwarzen Tee getrunken und hatte sich gefreut, eine Mitbewohnerin zu haben, die täglich nützlichen Kaffeesatz produzierte.

Ich muss endlich wieder mit Olga skypen, dachte Nora, während sie die Espressokanne zusammenschraubte. Wieder so ein »ich muss, ich muss«. Nora stellte die Espressokanne auf die Herdplatte und ging ins Bad. Hastig streifte sie ihren hellblauen Flanellpyjama ab und stieg in die Duschkabine. Der Wettkampf gegen die Zeit konnte beginnen. Sie musste mit dem Duschen fertig werden, bevor die Kaffeemaschine mit einem lauten Blubbern auf sich aufmerksam machte. Der harte Wasserstrahl katapultierte Nora endgültig in die Gegenwart, der zitronige Duft des Duschgels mischte sich mit dem stärker werdenden Kaffeegeruch. Sie schrubbte sich kräftig mit einem Schwamm ab und ließ anschließend eiskaltes Wasser über ihren Körper laufen. Auch diesen Tipp hatte sie aus Russland mitgebracht. »Ist gut gegen Cellulitis. Und härtet dich ab«, hatte Olga ihr eingeschärft. Tatsächlich entbehrte es nicht einer gewissen Härte, sich jeden Tag mit eiskaltem Wasser zu übergießen, so kalt, dass der Atem stockte, aber für Nora war der Wettlauf gegen die Kaffeekanne in Kombination mit dem kalten Wasser die einzige Möglichkeit, die Zeit unter der Dusche einzugrenzen. Wäre es nach ihr gegangen, würde sie stundenlang unter der heißen Dusche stehen und sich Tagträumen hingeben, wie es sich für Warmduscher gehörte. Aber das war zeitaufwendig und obendrein eine Ressourcenverschwendung, die sie nicht verantworten konnte.

Nora spürte, wie nach der kalten Dusche Hitze in ihrem Körper aufstieg und ihre blasse Haut stellenweise rötlich färbte. Jetzt war sie richtig wach. Sie wickelte sich in ein Handtuch und eilte zum Herd. Punktgenau, der Kaffee war soeben fertig geworden. Ein kleiner Etappensieg. Zufrieden goss sie die heiße dunkelbraune Flüssigkeit in ihre neue Kaffeetasse, die sie sich selbst zu ihrem Dreißiger geschenkt hatte. Eine schlichte graue Tasse, ohne jegliche Verzierungen. Eine solche Tasse aufzutreiben, war gar nicht so leicht gewesen. Die beige Farbe, die der Kaffee annahm, nachdem sie ein wenig Milch hineingeschüttet hatte, passte hervorragend zum Grauton.

Mit der Kaffeetasse in der Hand stapfte Nora zurück zum Bett. Sie stellte die Tasse auf dem Nachtkästchen ab und setzte ihre Brille auf. Augenblicklich verwandelten sich die Farbflecken in scharf umrissene Gegenstände, und das Zimmer stellte seine Unaufgeräumtheit unverhohlen zur Schau. Noras Blick fiel auf den Wecker. Viertel nach acht. Sie musste sich beeilen. Jeden Montag das gleiche Drama. Sie brauchte fast eine Dreiviertelstunde zur Arbeit, also sollte sie schon längst fertig angezogen sein und das Haus verlassen haben. An eine selbstgedrehte Zigarette, gemütlich zum Kaffee und Radiomusik, war nicht mehr zu denken. Mit geübten Handgriffen nahm sie aus dem Kleiderschrank alles, was sie brauchte: Unterwäsche, Socken, Jeans, ein kurzärmliges schwarzes Oberteil und eine dunkelblaue Strickjacke, zog sich rasch an und hob ihre Handtasche vom Boden auf. Eine weitere Weisheit Olgas kam ihr in den Sinn: »Du darfst deine Handtasche nie auf dem Boden ablegen, sonst wirst du immer zu wenig Geld haben.« Das erklärt vielleicht einiges, dachte Nora und gönnte sich ein herzhaftes Seufzen. Dann kehrte sie rasch zum Vorraum zurück, schlüpfte in ihre Turnschuhe, trippelte zum Bad, putzte sich die Zähne, schnürte ihre Schuhe, danach nahm sie noch einen großen Schluck Wasser, band ihre Haare hastig zu einem vogelnestartigen Gebilde zusammen und stürmte aus der Wohnung.

- hetzen -

Die Topfpflanzen im Stiegenhaus würden einen weiteren Tag ohne Wasser auskommen müssen, Nora hatte keine Zeit mehr, ihnen zu trinken zu geben. Die kleine Palme, die Nora wegen ihrer Mimosenhaftigkeit Mimi nannte, die Aloe Vera namens Verotschka, der Gummibaum Boris und die drei kleinen Kakteen Tick, Trick und Track, von denen einer, nämlich Trick, gerade in Blüte stand, was ihn verletzlich aussehen ließ, schienen Nora ebenfalls vorwurfsvolle Blicke nachzuwerfen, als sie an ihnen vorbeilief und die Treppe hinunterstürzte. Nach dem Einzug hatte Nora sich fest vorgenommen, sich häuslich einzurichten und zu diesem Zweck im nächstbesten Blumenladen sorgfältig mehrere Topfpflanzen ausgesucht und eigenhändig die vier Stockwerke hinaufgetragen, nur um festzustellen, dass in ihrer kleinen Wohnung gar kein Platz für sie war, jedenfalls kein richtiger Platz an der Sonne. Die anspruchslosen Kakteen hätten bleiben können, aber Nora brachte es nicht übers Herz, die kleine Pflanzenkompanie auseinanderzureißen, denn ihre Pflanzen gehörten auf eine ähnliche Weise zusammen wie streunende Hunde unterschiedlicher Rassen, die sich aus unerfindlichen Gründen zu einer Hundebande zusammenrotten. So fanden alle Pflanzen im Stiegenhaus ihr neues Zuhause. Ihren ersten Winter hatten sie erstaunlich gut überstanden. Wenn Nora zwischendurch Zeit hatte, sich mit ihren Pflanzen zu beschäftigen, dann sprach sie leise zu ihnen, manchmal auf Russisch. Das hatte sie sich von Vladimirs Großmutter abgeschaut, einer uralten rüstigen Dame, die sich auf ihrer Datscha stundenlang liebevoll mit ihren Pflanzen unterhielt, während sie für ihre eigenen Artgenossen nur schroffe Kommandos übrig hatte. Noras Pflanzenkompanie schien es ihr zu danken, alle Mitglieder hielten tapfer die Stellung, trotz der beträchtlichen Vernachlässigung, die ihre Besitzerin ihnen über weite Strecken angedeihen ließ. Die Pflanzen verdeckten das Schuhregal, auf dem sich ein Dutzend Schuhpaare türmten, und bereiteten ihr jeden Abend einen freundlichen Empfang.

Nora rannte die Treppen hinunter, steckte sich unterdessen eine Zigarette an und stieß die schwere Holztür auf. Auch wenn sie es eilig hatte, was so gut wie jeden Tag der Fall war, genoss sie immer diesen kurzen Augenblick, wenn ihr linker Fuß zum ersten Mal die Straße berührte. Ein zweites Aufwachen, ein endgültiger Schritt hinein in den Tag, hinaus in die sogenannte Welt. Wenn sie den sprichwörtlichen ersten Fuß vor die Tür setzte, fühlte Nora, dass die Last der morgendlichen Gedankenspiralen mit einem Mal etwas weniger wog. Die Straße, die frische Luft, die Aussicht auf Bewegung, der Anblick von Häusern, Autos, Menschen und Hunden, das alles zusammen bescherte eine kurzzeitige Befreiung von ihren Erinnerungsfetzen und Sorgen. Einen Augenblick lang schien alles möglich.

Das war es natürlich nicht. Nora wusste, sie würde nun, so wie jeder andere Passant auch, ihre Schritte genau dorthin lenken, wo sie erwartet wurde, wo eine Aufgabe ihrer Erledigung durch sie, Nora, harrte. Sie würde dorthin gehen, wohin sie gehen musste, weil das nun mal so war, weil das Stadtleben schlussendlich daraus bestand, dass man einmal oder mehrmals am Tag sein Wohnhaus verließ und sich zu seinem Arbeitsplatz, zu einer Verabredung, zum Einkaufen oder zu einem Konzert begab. Die Freiheit des Flaneurs war eine Erfindung der Tourismusbranche, jedenfalls nichts, das auch nur im Entferntesten mit Noras Alltag zu tun hatte.

Obwohl, ganz so war es auch wieder nicht. In ihren ersten Wochen in Sankt Petersburg, bevor sie ihre Arbeitsstelle im Goethe-Institut angetreten hatte, war sie stundenlang ziellos durch die Stadt gestreift und hatte die Magie der Weißen Nächte begierig aufgesogen.

Der allererste Blick auf diese unwirklich schöne Stadt war etwas Besonderes gewesen, ein Zustand, den sie zu verlängern suchte, indem sie ihrem Erkundungsdrang Grenzen auferlegte, um so lange wie möglich in dem Gefühl zu verharren, dass alles um sie herum fremd, verlockend und vielversprechend war. So wie sie beim Lesen eines besonders guten Buches gegen Ende Angst hatte, von den liebgewordenen Figuren Abschied zu nehmen, und deshalb an den letzten Leseabenden die Seitenanzahl streng rationierte, damit die Lektüre noch ein paar Tage länger anhielt, so achtete sie auch darauf, in einer neuen Stadt nicht zu viel auf einmal in sich aufzusaugen, um den Moment hinauszuzögern, an dem die Stadt vertraut und also zum unscheinbaren Hintergrund verkommen sein würde.

Die Freiheit, Sankt Petersburg im eigenen Tempo zu erforschen, währte nicht lange, denn sehr bald waren ihre Tage mit Terminen, Verabredungen, Lesungen und Vernissagen vollgepackt. Die Stadt wurde profan und verlor ihren Glanz, wie Aschenputtel um die Mitternachtsstunde. Die atemberaubende Kulisse, in der, so hatte sich Nora anfänglich gerne vorgestellt, Raskolnikow seine fieberhaften Runden gezogen und der rasende Eherne Reiter den kleinen Beamten verfolgt hatte, verwandelte sich bald in ein konventionelles Koordinatensystem aus Metrostationen, Straßennamen und Hausnummern, in dem sie sich so bald wie möglich zurechtfinden musste, wollte sie nicht im Großstadtdschungel untergehen. Ihren letzten stundenlangen Streifzug ohne Plan und Ziel hatte sie etwa vor ein-

einhalb Jahren absolviert, an dem Abend, als sie sich endgültig von Vladimir getrennt hatte, oder Vladimir sich von ihr getrennt hatte, je nachdem, wie man es sehen wollte.

Nora nahm einen tiefen Lungenzug von ihrer Zigarette und atmete genüsslich aus. So viel Zeit musste sein. Sie band ihr Fahrrad los und schwang sich auf den Sattel. Nach vielen verpatzten Besteigungen hatte sie doch noch gelernt, ihr Fahrrad, ein altes Herrenrennrad, wie ein Mann zu besteigen, indem sie mit dem linken Fuß in die Pedale trat und das rechte Bein über den Sattel schwang. Aus dem Augenwinkel nahm sie wahr, wie die alte Frau ihren Platz neben dem Supermarkt einnahm. Da saß sie seit etwa einem Dreivierteljahr, vermutlich eine Rumänin in ihren späten Sechzigern, jeden Tag, als wäre diese Straßenecke ihr Büro. Zuerst hatte sie auf dem Boden gekauert, auf einer ausgebreiteten Zeitung. Irgendwann hatte sie sich einen Plastikhocker besorgt und einen Pappbecher vor sich aufgestellt. Wortlos nickte sie jedem Passanten zu, und das war alles. Die ersten paar Tage war Nora über den Anblick der alten Frau bestürzt gewesen, denn sie hatte eine unheimliche Ähnlichkeit mit ihrer Großmutter, es war der gleiche ruhige, durchdringende Blick aus den eisblauen Augen, die gleiche leicht zusammengekauerte Körperhaltung. Mit der Zeit hatte sich Nora an die Szenerie vor ihrem Supermarkt gewöhnt, aber an kalten Tagen versetzte es ihr einen Stich, die alte Frau in Jacke und Schal eingepackt zu sehen. Seit zwei Monaten verkaufte die Frau eine Zeitung, Nora war einigermaßen beruhigt, offenbar war irgendjemand da, der sich kümmerte, eine Organisation oder eine Privatperson. Ab und zu kaufte Nora der alten Frau eine Zeitung ab und legte ein paar Euro drauf, aber an den meisten Tagen schaute sie verlegen weg und erwiderte das Kopfnicken nicht.

Nora strampelte los, nickte der alten Frau kurz zu, bog um die Ecke und reihte sich in den Verkehr ein.

Schon wieder rot. Sie würde wertvolle Minuten verlieren, und wenn sie Pech hatte, würde überhaupt eine rote Welle auf sie zurollen, und dann würde sie schon wieder zu spät zur Arbeit kommen. Nora spürte, wie der Ärger über sich selbst, über ihre pathologische Unfähigkeit, das Haus rechtzeitig zu verlassen, in ihr aufstieg und ihr Schweißperlen auf die Stirn trieb. Sie nahm einen weiteren, aggressiven Zug von ihrer Zigarette. Wie konnte es sein, dass andere Menschen morgens mühelos ihr warmes Bett verließen, ihre Morgentoilette erledigten, möglicherweise sogar ein Frühstück zu sich nahmen und sich obendrein noch schminkten oder rasierten? Dort drüben, diese junge Frau mit den Stöckelschuhen: perfekt frisiert, dezent geschminkt, adrett angezogen. Oder dieser Mann da, mit den zwei Kindern: Wie hatte er es bloß geschafft, früh genug aufzustehen, um diese beiden kleinen Menschen anzuziehen, zu füttern und aus dem Haus zu bugsieren?

Vladimir war auch einer von diesen Morgenmenschen gewesen. »Du Morgenstreber«, hatte sie ihm manchmal schnurrend aus dem Bett nachgerufen, während er sich mit äußerster Präzision und Hingabe seine Krawatte band, sich seine Omega-Uhr umschnallte und alle anderen Attribute des erfolgreichen Lebens anlegte, wie ein Ritter, der sich in die Rüstung wirft, um loszuziehen und sich im rauen Kampf zu behaupten. Da fehlte nur noch die hübsche, frisch angetraute Gattin, die mit einem strahlenden Zahnpastalächeln die Milch in die Cornflakesschüssel goss und mit einer schwungvollen Bewegung den frischgepressten Orangensaft auf den Tisch stellte. Dafür taugte Langschläferin Nora allerdings nicht.

Vladimir gehörte zu der globalen Heerschar von Männern, die verlässlich und pünktlich im Büro erschienen, frisch rasiert, gut gelaunt, mit korrekt gebundener Krawatte und glänzenden Schuhen. Einer von den unzähligen strammen Soldaten der Wirtschaft, die, sobald sie aus dem Bett steigen, zielstrebig dem ersten Höhepunkt ihrer Leistungskurve entgegeneilen. Nora dagegen hatte ihren Schlafrhythmus schon als Schülerin nachhaltig beschädigt, als sie damit begonnen hatte, bis spät in die Nacht mit der Taschenlampe Abenteuerromane und Detektivbücher unter der Decke zu lesen, um ihren Bruder Max nicht zu stören, was dazu führte, dass sie in der Schulbank gegen den Schlaf ankämpfte und dann, sobald sie aus der Schule kam, kraftlos ins Bett fiel und in einen tiefen Nachmittagsschlaf glitt. Diese Angewohnheit behielt sie im Studium und danach bei. »Du bist eben eine Eule«, hatte Vladimir gesagt, wenn sie selbst über ihre morgendliche Schussligkeit geklagt hatte.

Die Ampel schaltete auf Grün. Nora strampelte los.

- ankommen -

Als sie ihr Ziel erreichte, war es zehn nach neun. Sie war verschwitzt, außer Atem und hätte sich am liebsten selbst dafür geohrfeigt, dass sie schon wieder zu spät kam, obwohl sie sich am Vorabend fest vorgenommen hatte, diese Woche gut und richtig anzufangen. Sie sperrte ihr Fahrrad hastig ab, stürmte in das Gebäude und rannte die drei Stockwerke hinauf. Vor der Tür blieb sie einen Augenblick lang stehen, um der Versuchung zu widerstehen, die Tür aufzureißen. Sie atmete einmal durch und trat ein.

Erika saß wie immer an ihrem Schreibtisch und begrüßte sie mit einem breiten Lächeln.

»Guten Morgen, Norotschka!«

»Hallo, Erika, bitte entschuldige die Verspätung, ich ...«

Erika unterbrach sie:

»Kein Problem. Du hast sowieso eine Stehstunde. Herr Achmadow hat gerade telefonisch abgesagt. Er ist krank. Roswitha ist schon im Therapiezimmer.«

Nora holte reflexartig ihr Handy heraus.

»Ja, ich habe dich gleich angerufen und dir auf die Box gesprochen.«

»Ich hab's nicht gehört, bin heute mit dem Rad da.«

»Bringst du uns einen Kaffee?«

Nora nickte und rang sich ein gequältes Lächeln ab. Der Stress war umsonst gewesen. Sie hätte eine Stunde länger schlafen können. Oder in aller Ruhe bei der Aida einen Kaffee geschlürft und dazu eine Nussschnecke vertilgt.

Egal, so hatte sie eben ihre sogenannte Stehstunde, eine erzwungene Wartezeit, die man ja keineswegs im Stehen verbringen musste und die immerhin elf Euro einbrachte. Besser als nichts. Außerdem war ein Kaffeeplausch mit Erika insbesondere an einem Montagmorgen nicht zu verachten. Am Wochenende erlebte Erika meistens verrückte Sachen, was montags für Unterhaltung sorgte. Nora hatte das Gefühl, dass Erika die Wochenenden dringend brauchte, um ihre Batterien aufzuladen. Kein Wunder, musste sie doch den ganzen Tag freundlich und geduldig bleiben, jedem noch so schwierigen Klienten eine verständliche Auskunft geben und die Launen sämtlicher Psychotherapeuten und Dolmetscher über sich ergehen lassen. Nora fragte sich, wie Erika das aushielt. Sie selbst arbeitete maximal drei Tage pro Woche hier, manchmal auch nur einen Tag. Alle Psychotherapeuten und Dolmetscher arbeiteten so, stundenweise oder tageweise. Nur Erika war von Montag bis Freitag im Haus. Sie bildete das soziale Kernstück des Zentrums, an ihrem Tisch liefen alle Fäden zusammen, bei ihr wurde getratscht, gelästert und gejammert, Honorarnoten wurden ausgefüllt, in dringenden Fällen Tampons, Nagellackentferner und Handcreme geschnorrt, und der Kaffee, ja, ohne Kaffee ging gar nichts.

Nora war schon fast wieder bei der Treppe, als ihr einfiel, dass sie vergessen hatte nachzufragen, welchen Kaffee Erika heute wollte. Sie kehrte um und steckte ihren Kopf durch die Tür:

»Automat, Filter oder Kanne?«

»Automat. So, wie er rauskommt«, antwortete Erika.

Nora grinste verschwörerisch und machte auf dem Absatz kehrt. Erika und Nora hielten große Stücke auf den neuen Kaffeeautomaten, was von allen anderen Kollegen im Büro mit Kopfschütteln bedacht wurde. Sie griffen nur im Notfall darauf zurück, wenn die Milch im Kühlschrank der Gemeinschaftsküche abgelaufen oder das Kaffeepulver aufgebraucht war. Erika und Nora dagegen machten sich einen Spaß draus, jedes Mal eine andere Sorte im Angebot auszuprobieren und für die jeweilige Geschmacksrichtung Punkte zu vergeben.

Auf dem Weg zum Automaten im ersten Stock sinnierte Nora darüber, ob es möglich wäre, eine Statistik über Vornamen von Sekretärinnen aufzutreiben. Bestimmt war es nur selektive Wahrnehmung, aber sie hatte den Eindruck, dass der Name Erika überproportional vertreten war. In der Caritas-Stelle im vierten Bezirk, wo sie mittwochs arbeitete, hieß die Sekretärin auch Erika, ebenso die Sekretärin in der Volkshochschule, wo Nora Russisch für Anfänger unterrichtete, und wenn ihr Gedächtnis sie nicht täuschte, hatte in ihrem ersten Studienabschnitt einer von den vier Sekretariatsdrachen am Institut für Politikwissenschaft ebenfalls Erika geheißen. Konnte das ein Zufall sein? Oder war es so, dass Namen bestimmte Eigenschaften und Charakterzüge verstärkten und sich deshalb überdurchschnittlich viele Gleichnamige in einem Berufsfeld tummelten? Erika klang nach Ordnung, Zuverlässigkeit und einer gewissen Strenge, wenn es drauf ankam. Eine Erika passte hervorragend in jedes Büro, der Name bürgte für Sicherheit. Nach Noras Beobachtung lautete das russische Pendant dazu Svetlana.

Roswitha dagegen war ein typischer Name für eine Psychotherapeutin, und zwar für eine von denen, die zu ihrem mütterlich-verständnisvollen Lächeln und ausladenden Kurven gerne große bunte Schals und auffällige Broschen trugen. Roswitha oder Lydia, diese Namen suggerierten Vertrauen und Geborgenheit. Die eher hölzern-abstinent wirkenden Psychoanalytikerinnen hörten wiederum gerne auf solche Namen wie Gertrud oder Hedwig.

Was ihren eigenen Namen betraf, so hatte Nora seit ihren Teenagertagen darauf gesetzt, dass ihr kurzer, prägnanter und im Übrigen weltberühmter Nachname *Kant* sie mit einer gehörigen Durchsetzungskraft ausstatten würde. *Nora Kant*, das klang doch kantig, zackig, resch. *Hence the name.* Kurz und prägnant, wie Dora Maar oder Anaïs Nin. Spätestens im zweiten Studienabschnitt musste sie sich jedoch eingestehen, dass in ihrem Fall die Magie des Namens versagt hatte. Seit sie als Dolmetscherin für Russisch arbeitete, wurde sie ohnehin von vielen verniedlichend Norka oder Norotschka genannt, was ihrem verschusselten Charakter viel eher gerecht wurde, wie sie sich selbst widerwillig eingestehen musste. Außerdem bedeutete *Norka* auf Russisch *Nerz*, und als Nora klar wurde, dass sie also mit einem Spitznamen herumlief, der ein Tier bezeichnete, aus dessen Fell schicke Hauben und Mäntel für neureiche Damen hergestellt wurden, wunderte es sie nicht mehr, dass sie in Russland von niemandem ernstgenommen wurde. An ganz düsteren Tagen, die sich vor dem Dreißiger gehäuft hatten, also an solchen Tagen, an denen es Selbstvorwürfe bar jeglicher Selbstironie hagelte, tauchte in ihrer Fantasie von irgendwoher die unheilvolle Überschrift »Norotschka oder ein Puppenleben« auf, mit der sie nichts anzufangen wusste und die sich nur mit einer starken Kopfschmerztablette in Kombination mit einem gut gekühlten Bier verscheuchen ließ.

Erikas heutiger Favorit war also Cappuccino, »so wie er rauskommt«. Nora hatte Lust auf Cappuccino mit Haselnuss. Mit einem Plastikbecher in jeder Hand versuchte Nora, die schwere Glastür mit der rechten Schulter aufzustoßen und verschüttete dabei ein wenig Haselnusscappuccino über ihre Hand.

»Scheiße!«

»Scheiße sagt man nicht«, ließ sich eine Kinderstimme von hinten vernehmen.

Nora drehte den Kopf. Die Stimme gehörte zu einem kleinen Jungen, etwa fünf Jahre alt, der in Socken auf dem

Gang stand und Nora aus seinen großen dunkelbraunen Augen ernst anblickte. Offenbar wohnte der Kleine im Haus.

»Entschuldigung«, sagte Nora und lächelte verlegen. Ernst dreinblickende kleine Kinder nötigten ihr Respekt ab.

»Stimmt, so etwas sagt man nicht. Wie heißt du? Wo ist deine Mama?«

»Und wie heißt du?«

»Ich heiße Nora. Und du?«

»Ich heiße Jusuf.«

»Und wo ist deine Mama?«

»Ich habe keine Mama. Mein Papa ist beim Arzt. Meine Schwester ist da«, sagte Jusuf und deutete mit dem Kopf zu einer halb offenen Tür, die zu einer Wohneinheit führte. Im ersten Stock gab es einige Wohnungen für Familien, im zweiten Stock waren alleinstehende Männer untergebracht, auf Russisch *Odinotschki* genannt, und im dritten Stock befanden sich diverse Büros, in denen Sozialarbeit, Rechtsberatung, Sprachkurse und Psychotherapie angeboten wurde. Wenn Nora im Wohnbereich ihren Automatenkaffee holte, kam sie sich wie ein Eindringling vor. Sie fühlte sich an ihre Zeiten im Internat und in diversen Studentenheimen und WGs erinnerte, wo man vom Bad bis zum eigenen Zimmer einen Korridor durchqueren musste, was kleidungstechnisch mit einem logistischen Aufwand verbunden war. Erst in Vladimirs Wohnung war es für sie nach vielen Jahren wieder möglich gewesen, den Weg vom Bad bis zum Kleiderschrank nackt oder nur in ein Handtuch gewickelt zurücklegen. Für sie war es damals der ultimative Beweis dafür, endlich angekommen zu sein, was immer das bedeutete.

Im ersten Stock sah Nora manchmal Männer und Frauen mit nassen Haaren, in Schlafröcken oder Jogginganzügen, mit verschlossenen Gesichtern, Menschen, die so aussahen, als sei ihnen das Warten auf den Asylbescheid in jede Faser des Körpers eingeschrieben, als habe ihre gesamte Existenz den Aggregatzustand des Wartens angenommen. Auf den ersten Blick wirkten die im Haus wohnenden Kinder anders, sie konnten laut und verspielt sein, aber Nora hatte manchmal den Eindruck, dass sie das kindliche Verhalten zum Teil aus reinem Pflichtgefühl an den Tag legten, weil man es von ihnen erwartete. Schaute man den Kleinen etwas länger zu, hatte man das Gefühl, dass ihnen die Angst und die Unsicherheit der Erwachsenen keineswegs fremd waren.

Nora schaute den kleinen Jusuf an. Mit seinen rotbesockten Füßen, von denen eine Micky Maus heruntergrinste, stand er ruhig da und schaute zurück. Nora zwang sich zu einem kinderfreundlichen Lächeln.

»Gehst du in den Kindergarten?«
»Ja.«
»Dort gefällt es dir, ja?«
»Ja.«

»Jusuf! Juuusuuuf!!« – rief eine Stimme aus dem Zimmer. Ein etwa zwölfjähriges Mädchen mit rotblonden Haaren kam heraus und sagte im raschen Tempo einige Sätze auf Tschetschenisch, die nach Schimpfen klangen. Nora hörte nur ein russisches Wort heraus, *komnata* für *Zimmer*, ansonsten blieb ihr der Wortschwall mit den vielen Kehllauten vollkommen unverständlich, aber auch so war klar, dass hier eine ältere Schwester ihren kleinen Bruder zurechtwies. Jusuf warf Nora noch einen letzten ernsten Blick zu, dann drehte er sich um, trippelte folgsam ins Zimmer und war einen Augenblick später hinter der blassgrünen Plastiktür verschwunden.

Nora stieß noch einmal die schwere Glastür mit der Schulter auf und stieg die zwei Stockwerke hinauf, sorgfältig darauf bedacht, diesmal keinen Kaffee zu verschütten. Mit dem rechten Ellbogen drückte sie die Türklinke hinunter und stieß die Tür auf.

»Danke, bist ein Schatz!«, sagte Erika und nahm ihren Kaffee entgegen.

»Tschick?«, fragte Nora und deutete mit dem Kopf zur Teeküche. »Rauchst du noch? Oder schon wieder?«

»Eigentlich schon seit fünf Tagen aufgehört, aber heute mache ich eine Ausnahme.«

»Auf keinen Fall! Ich will dich nicht verführen!«

»Ach was, verführ mich ...«, sagte Erika schnurrend und griff nach ihrer magischen Schublade, die Nora als »Erikas Mary-Poppins-Tasche« bezeichnete, weil sie alles enthielt, was man im Büroalltag gebrauchen konnte. Mit einer geschickten Bewegung zog Erika eine Packung extralanger Damenzigaretten und ein knallgelbes Feuerzeug heraus.

In der Teeküche setzten sich die beiden an den kleinen Tisch am Fenster, Erika gab Nora Feuer und zündete dann ihre überlange schmale Zigarette an.

»Also, erzähl mal. Liest du wieder?«

»Nein. Ich sagte doch, drei Monate Lesestreik. Da bin ich konsequenter als du mit deinem Rauchen«, sagte Nora und lachte, während sie genüsslich den Rauch durch die Nase ausblies.

»Na wart nur, irgendwann sitzt du beim Zahnarzt und greifst nach einer Zeitschrift, und dann liest du dort eine Buchbesprechung, und dann, wirst sehen, dann rennst du nach Haus und stürzt dich auf das erstbeste Buch und liest die ganze Nacht durch. So wird's sein! Das schau ich mir dann an, deinen Lesestreik!«, sagte Erika und versuchte vergeblich, mit den Lippen den Rauch zu einem Ring zu formen.

»Und was gibt's sonst bei dir? Hast du wieder Kontakt mit Vladimir? Und was ist mit diesem anderen, diesem Timothy? Kommt er dich jetzt besuchen oder nicht?«

»Vladimir hat mir zum Geburtstag eine SMS geschickt, aber ich habe nicht geantwortet. Interessiert mich nicht.«

Erika nahm einen Schluck von ihrem Cappuccino, nickte anerkennend und sagte: »Glatte fünf Punkte.«

»Timothy kommt angeblich Ende des Monats nach Wien«, sagte Nora, »aber das glaub ich erst, wenn ich ihn wirklich vor mir seh. Der hat schon zwei Mal kurzfristig abgesagt, weißt du noch? Letztes Mal hatte er angeblich einen Bänderriss. Ich glaub kein Wort davon. Akutes Manierenversagen nenn ich so was. Diesmal überleg ich ernsthaft, ob ich nicht selbst kurzfristig absagen soll. Einfach so, aus Rache.«

»Scheiß auf Rache, davon hast du nichts. Sieh lieber zu, dass du ein schönes Wochenende mit ihm verbringst. Bist ja noch jung. Genieß das Leben, solang du noch keine eigene Familie hast.«

»Meine liebe Erika, wenn ich so weitermache, kann ich die Kinderkriegerei und das ganze Familiendings sowieso vergessen«, lachte Nora und stocherte mit ihrer Zigarettenspitze vorsichtig im Aschenbecher herum.

»Und, ist das ein Problem?«

»Nicht wirklich.«

»Na siehst du. Bist ja noch jung. Red keinen Unsinn, das kommt noch alles.«

»Aber sicher nicht mit Tim, das steht fest. Alles, was ich so quasi zu bieten habe« – Nora zeichnete mit ihren Fingern ausladende Gänsefüßchen in die Luft –, »das hat er schon, glaub mir. Schöner, größer, besser. In seinem Universum bin ich kein Fixstern, das sag ich dir. Allenfalls so ein kleiner Trabant«, sagte Nora und lachte bitter.

»Jetzt hörst du aber sofort auf mit diesem Scheiß! So was will ich gar nicht hören. Mit dir kann man überhaupt nicht über Männer reden! Du siehst immer alles so melodramatisch!«

»Das kommt von der Überdosis an russischer Literatur. Aber damit ist ja jetzt Schluss«, rechtfertigte sich Nora. »Keine Sorge, ich werd mich schon nicht vor einen Zug werfen, wenn Mister Timothy nicht auftaucht.«

»Na, das will ich hoffen. Aber jetzt mal etwas ganz anderes, was ist eigentlich mit diesem FWF-Antrag?«

»Frag lieber nicht. Keine Ahnung. Wir warten noch.«

»Ich drück dir die Daumen.«

»Weiß nicht so recht. Vielleicht war das alles keine so gute Idee. Stell dir vor, wir kriegen das Projekt. Was dann? Dann muss ich mich jahrelang mit EU-Russland-Beziehungen herumschlagen, und Ukraine-Krise, und die Krim, und Russlands Beteiligung in Syrien, und irgendwelche Dokumente analysieren, Politikerreden interpretieren und so ein Zeug. Ich frag mich, will ich das überhaupt?«

»Na, das hättest du dir aber vorher überlegen müssen, meine Liebe.«

»So ist es. Ganz genau so«, sagte Nora resigniert, drückte ihre Zigarette in den Aschenbecher und zündete sich sofort die nächste an.

»Und was ist mit dir? Hast du dich mit Bernhard versöhnt?«

»Ja, hab ich. Stell dir vor, am Wochenende waren wir in einer Therme in Ungarn, super war das, ich sag's dir, urromantisch ...«

Plötzlich ging die Tür auf, und Roswitha steckte ihren Lockenkopf durch.

»Entschuldigung, da ist jemand am Apparat. Nora, gehst du bitte ran, ich glaub, es ist Russisch.«

Nora sprang von ihrem Stuhl auf, drückte ihre Zigarette aus und eilte zum Telefon. Es war Frau Sultanowa, die sich dringend einen Termin wünschte, möglichst noch heute, es sei ein Notfall. Nora gab die Information an Roswitha weiter, diese schaute in ihren Kalender und fragte Nora:

»Bis wann kannst du heute?«

»Open end«, antwortete Nora, ohne zu überlegen, und hätte sich in diesem Augenblick am liebsten auf die Zunge gebissen.

»Okay, dann hängen wir einfach eine Stunde an. Sag ihr, sie kann um 17 Uhr kommen.«

Nora gab den Termin durch und legte auf. Sie würde also mindestens bis 18 Uhr bleiben müssen. Nora verfluchte sich für ihre unbedachte, in vorauseilender Hilfsbereitschaft getroffene Zusage.

Roswitha lächelte.

»Danke. Der Herr Achmadow hat uns ja mal wieder versetzt. Wer weiß, was es diesmal schon wieder ist.«

»Vielleicht hat er eine Arbeit gefunden ...?«, warf Nora ein und ärgerte sich wieder über ihre Gedankenlosigkeit. Bei den meisten Psychotherapeuten musste man auf der Hut sein, so viel hatte Nora schon begriffen. Erst seit etwas mehr als einem Jahr war sie mit dieser Berufsgruppe konfrontiert und fühlte sich in der betriebsinternen Kommunikation noch nicht ganz wohl. Die Art, wie die Psychotherapeuten untereinander über die Patienten oder »Klienten« sprachen, gab ihr Rätsel auf. Manchmal klang es wie banaler Tratsch, dann wieder hatte Nora das Gefühl, dass in jedes Wort des Klienten viel zu viel hineininterpretiert wurde, und manchmal wusste sie einfach gar nicht, was sie von dem ganzen Laden halten sollte. Ihr war bewusst, dass da mehr dahinterstecken musste, aber dass sie selbst noch nicht ganz darauf gekommen war, worum es eigentlich ging und welche Begriffe mit welchen Bedeutungen aufgeladen waren. Alles in allem fühlte sich das psychotherapeutische Terrain für Nora wie ein verbales Minenfeld an, auf dem man nicht oft genug den Mund halten konnte. Erika war ihr da eine große Hilfe. Sie konnte in klaren Worten und mit wohldosierter Ironie die Macken und Vorlieben jeder Therapeutin umreißen, sodass Nora in etwa wissen konnte, woran sie bei wem war.

»Nein, das meinte ich nicht, ob er eine Arbeit gefunden hat oder nicht«, konterte Roswitha auch schon, und Nora beschlich schon wieder dieses ungute Gefühl, etwas Banales und Überflüssiges gesagt zu haben. *Si tacuisses, Norotschka ...*

»Ich denke, es geht um etwas anderes. Weißt du noch, vor zwei Wochen hat er zum ersten Mal wirklich über seine Foltererfahrungen gesprochen. Das ist ihm jetzt wahrscheinlich unangenehm, und deshalb bleibt er uns jetzt eine Weile fern. Aber ich denke, er wird wiederkommen.«

Und ich denke, er hat letztes Mal erwähnt, dass er vermutlich bald eine Arbeit als Hausmeister bekommt und dass er dann nicht mehr regelmäßig kommen kann, dachte Nora, sagte diesmal aber nichts, sondern nickte nur vage.

- übersetzen -

Roswitha kramte in ihrer bunten Filztasche und holte einige Formulare heraus, die in einer blassrosa Aktenhülle steckten.

»Übrigens, wenn du schon da bist, könntest du mir bitte schnell ein paar Fallberichte ins Englische übersetzen? Das wäre ganz lieb. Ist für die UNO, du weißt schon.«

Ja, Nora wusste. Das waren diese haarsträubenden Folterberichte, die der Verein jedes Jahr in einer bestimmten Anzahl an die UNO schicken musste, um weiterhin Subventionen zu erhalten. Die UNO, das war für Nora in den Teenagerjahren und in den frühen Zwanzigern eine Oase der Völkerverständigung und des Weltfriedens gewesen. Ein UNO-Praktikum in New York war ihr während ihres Studiums der Politikwissenschaft als das höchste der Gefühle erschienen, und es war nichts anderes als die allzu große Ehrfurcht vor dieser einzigartigen globalen Institution, die sie damals daran gehindert hatte, konkrete Schritte in diese Richtung zu unternehmen. Seit sie als Dolmetscherin mit Folterüberlebenden arbeitete, hatte sie die banale bürokratische Seite der UNO kennengelernt, mit Formularen und Statistiken. In den Telefonaten mit Genf ging es um *board meetings*, bei denen über die Subventionen entschieden wurde, und als eines Tages eine hübsche junge UNO-Mitarbeiterin hereingeschneit kam, um sich den subventionierten Laden vor Ort anzusehen, da hatte sich bei Nora in die aufrichtige Bewunderung gegenüber der weltgewandten vielsprachigen Dame auch eine Prise Erleichterung eingemischt, dass sie, Nora, diesen Weg der globalen

Bürokratie doch nicht beschritten hatte. Vielleicht waren es aber auch nur saure Trauben, dachte Nora später, wer konnte schon wissen, welche Tricks das Gehirn mobilisierte, um sich die momentane Misere schönzureden.

Nora hasste es, diese Case Studies zu übersetzen, die »Käs-Staddis«, wie Erika schrieb, wenn sie die ausgefüllten Formulare per Mail an Nora verschickte. Die Berichte wurden zwar anonymisiert, aber häufig gelang es Nora, die Foltergeschichten einigen bekannten Klienten zuzuordnen.

Sie fand es verstörend, wie sich eine Lebensgeschichte, die sich in vielen intensiven Gesprächen wie ein Mosaik allmählich zusammenzusetzen begann, in der Sprache der Bürokratie auf eine »Foltergeschichte« reduzieren ließ, die wiederum in ihre Einzelteile zergliedert wurde – Anzahl und Funktion der Täter, Häufigkeit der Folterung, angewandte Methoden und Werkzeuge, physische und psychische Folgeerscheinungen. Aus dem Menschen, an dessen Lippen sie Stunde um Stunde gegangen war, um Sinn und Ausdruck so vollständig und unverfälscht wie möglich aufzunehmen, wurde im Formular ein »Opfer« oder ein »Überlebender«, alles kompakt auf maximal drei formatierte A4-Seiten zusammengefasst. Das Formular wurde dann in englischer Übersetzung nach Genf in ein UNO-Gebäude geschickt, wo es wohl in einem Büro auf einem Tisch landete, anschließend mit den anderen Formularen in eine Mappe geheftet wurde, um beim nächsten *board meeting* von einer wohlgesonnenen UNO-Mitarbeiterin als Beleg dafür verwendet zu werden, warum ausgerechnet dieser Verein weitere Subventionen erhalten sollte.

Nora bereitete es Unbehagen, wenn sie diese Berichte übersetzen sollte, weil es ihr paradoxerweise viel schwerer fiel, die kompakte, schwarz auf weiß abgefasste Foltergeschichte zu ertragen als die gestammelte, hervorgepresste oder unter Tränen in einem Wortschwall nach außen drängende Erzählung in der Therapiestunde. Wenn Folter oder Vergewaltigung zum Thema in der Therapie wurden, und früher oder später war das bei jedem Klienten der Fall, dann hielt sich Nora krampfhaft an ihrer Wahrnehmung fest, studierte aufmerksam den Gesichtsausdruck des Klienten, starrte auf die in sich zusammengesackte Topfpflanze am Fenster, trank einen Schluck Wasser, betrachtete die Hände des Klienten oder fummelte selbst an einem Taschentuch herum, konzentrierte sich auf das Dolmetschen, auf diesen alchemischen Prozess, im Zuge dessen das Gesagte in einer bestimmten Wortkombination durch den Gehörgang in ihren Kopf eindrang und in einer anderen Form, möglichst unbeschadet und so wenig wie möglich durch Reibungsverluste in Mitleidenschaft gezogen, durch den Mund wieder verließ. Der etwaige Schaden, den der Kanal, also Noras Kopf, durch diese Transaktion möglicherweise nahm, interessierte nicht. Reibungslos sollte die Kommunikation ablaufen, das war das Ideal, keine Reibung, keine Verluste. Dabei waren Reibungsverluste nichts anderes als Wärme, genau genommen die Umwandlung von Bewegungsenergie in Wärmeenergie, das wusste Nora noch aus dem Physikunterricht, aber die Sprache entzog sich wohl diesen Gesetzmäßigkeiten, und Wärme entstand manchmal erst dort, wo Sprache aufhörte.

Wenn die kritischen Augenblicke vorüber waren, spürte Nora gemeinsam mit dem Klienten die Erleichterung darüber, dass das Unsagbare schließlich doch noch ausgesprochen worden war und sogar den Weg in eine andere Sprache gefunden hatte, sie war froh, daran mitgewirkt zu haben, dass diese Worte nach außen drängen konnten, wo sie gut aufgehoben waren, wo sie nicht, wie sie es etwa bei der Polizei oder bei Gericht erlebt hatte, jederzeit gegen den erschöpften Sprecher verwendet werden konnten und auf etwaige Widersprüche abgeklopft wurden.

Nach solchen Therapiestunden fühlte sich Nora angesteckt und beschmutzt von einem Grauen, von dem sie nichts wissen wollte, durchdrungen vom sicheren Wissen darum, dass Menschen einander entsetzliche Dinge antaten, und zwar nicht irgendwelche Menschen irgendwo irgendwann, sondern da, hier, saß ein solcher Mensch, dem so etwas angetan worden war, ein Mensch, der nicht nur Opfer, sondern auch Zeuge der Grausamkeiten war, die ein Krieg produzierte oder aber, da war sich Nora nicht ganz sicher, bloß zum Vorschein brachte.

Und nicht immer waren es Opfer. Manchmal hatte es Nora auch mit Tätern zu tun gehabt, das waren Soldaten oder Freiheitskämpfer, *Bojewiki*, bullige Männer mit militärischem Aussehen, die gemordet und gefoltert hatten und deren Erzählungen über den Krieg sich in vagen Andeutungen erschöpften. Solchen Tätermännern Kopf und Stimme zur Verfügung zu stellen, kostete Nora nicht wenig Überwindung, aber manchmal ertappte sie sich auch bei dem Gedanken, dass einige dieser Täter selbst Opfer des Krieges waren und dass sie unter normalen Umständen Sportlehrer, Handwerker oder Installateure geworden wären und ihre Muskelkraft für friedliche Zwecke eingesetzt hätten. Da sie aber nun einmal in einer Zeit lebten, in der ein Gewehrschuss den nächsten nach sich gezogen hatte, waren aus diesen Männern im Handumdrehen Bewaffnete geworden, und die Ereignisse hatten unaufhaltsam ihren Lauf genommen.

Trotz aufrichtigen Bemühens, sich auch in die Lage von Soldaten und Kämpfern hineinzuversetzen, arbeitete Nora nur ungern mit solchen Männern zusammen. Alles in ihr sträubte sich dagegen, bei solchen Männern »ich« sagen zu müssen, »ich habe für die Unabhängigkeit gekämpft«, »ich habe gegen die russischen Soldaten gekämpft«, »ich habe mich in Wäldern versteckt«, »ich habe Essen und Medikamente für die Truppe besorgt«, aber sie tat es, sie überwand sich, sie sagte »ich«, wenn der Mann über sich selbst sprach. Meinte der Mann aber sie, Nora, die *Perewodtschiza*, formten ihre Lippen reflexartig das Wort »die Dolmetscherin« oder »unsere Dolmetscherin«, und ihre Stimme hörte sich fremd an.

Selbst wenn ein solcher Mann geknickt oder schluchzend vor ihr saß und keine Spur von Brutalität ausstrahlte, musste Nora an rohe, männliche Gewalt denken, an dieses unbegreifliche Phänomen, das von Menschen ausgeübt wurde und dem zugleich genau diese Menschen und auch andere, unbeteiligte, zum Opfer fielen und das immer und immer wieder nach einem ähnlichen Muster ablief, zu allen Zeiten, an allen Orten. Sollte die pure Grausamkeit tatsächlich in allen Menschen schlummern? War es nur dem Zufall geschuldet, ob einer zum Täter oder zum Opfer oder zu beidem wurde? War das sogenannte Böse nur eine Frage der Konstellation und der Dynamik? Hatten Männer in Kriegszeiten wirklich nur die Wahl, Helden oder Verräter, Freiheitskämpfer oder Terroristen zu werden, gab es da so wenig dazwischen? Wenn einer einfach feig war, musste das dann bedeuten, dass er Verrat beging? Verrat an wem oder an was? Beim Dolmetschen schwirrten solche Gedanken immer in einem Teil von Noras Kopf umher, weil alle Geschichten, mit denen sie als Dolmetscherin zu tun hatte, so unverwechselbar und einzigartig sie auch waren, zugleich Teil eines größeren, unerbittlichen Zusammenhangs waren, aus dem es kein Entrinnen gab, für niemanden. Eine unbarmherzige Kraft war über alle diese Menschen hinweggefegt und hatte sie niedergetrampelt, und zugleich waren manche Männer, mit denen Nora arbeitete, auch Teil dieser gewaltigen Kraft gewesen, wenn auch nur als Zahnrädchen innerhalb einer größeren Kriegsmaschinerie.

Allerorts produzierte der Krieg Ruinen und Scherbenhaufen. Das betraf die sichtbare städtische Architektur genauso wie die filigrane Struktur der Seele. Die Therapie, schlussfolgerte Nora, war so etwas wie der Wiederaufbau, ein Marshall-Plan zur Konsolidierung der verwüsteten inneren Landschaften. In den Therapiegesprächen ging es darum, die von der Wucht des Traumas in alle Richtungen geschleuderten Teilstücke aufzusammeln und sie behutsam wieder zusammenzusetzen. Nora hatte nicht den Eindruck, dass die Bruchstellen jemals ganz zusammenwachsen würden. Sie stellte sich die Psyche der Klienten wie zusammengeklebte Tongefäße vor, aber immerhin Tongefäße und hoffentlich keine Scherbenhaufen mehr. Dass diese Menschen überhaupt da waren und für ihre Erlebnisse Worte finden konnten, das allein war ein Triumph des Lebenswillens über die todbringende Zerstörung, und auch wenn sich Nora in manchen Therapiesitzungen am liebsten Augen und Ohren zugehalten hätte, schöpfte sie dennoch Kraft aus der lebendigen Anwesenheit der Klienten, aus dem Bewusstsein, dass diese Menschen allen Widrigkeiten zum Trotz, *against all odds*, noch immer da waren, unter uns, dass der Krieg sie nicht zermalmt hatte. In der Therapie, so reimte Nora es sich in ihren eigenen Worten zusammen, sollte es darum gehen, aus Überlebenden wieder Lebende zu machen.

Wenn Nora jedoch Fallgeschichten übersetzte, wenn sie also allein am Computer arbeitete, fiel die beruhigende Anwesenheit der anderen Menschen weg. Hatte sie einen Fallbericht zu übersetzen, war sie ganz allein mit dem Blatt Papier und mit den darauf geschriebenen Wörtern, die schwarz auf weiß die Folter und ihre zerstörerischen

Langzeitfolgen beschrieben und ein für alle Mal festhielten. *Verba volant, scripta manent.* Nora hasste es, was diese Wörter mit ihr machten. Sie bohrten sich in ihre Stirn und ließen in ihrem Kopf Bilder entstehen, die sie nicht sehen wollte und die sich nicht verscheuchen ließen.

»Ist eh kein Problem für dich, oder?« – Roswithas Worte rissen Nora aus ihren Gedanken.
»Rauch in Ruhe aus. Kein Stress, heute kriegen wir sicher noch irgendwo eine Stehstunde, und die Fallberichte müssen erst Ende der Woche raus«, fügte Roswitha betont freundlich hinzu.

Nora nahm die Formulare und verließ wortlos den Raum Richtung Teeküche, wo ein alter Laptop stand, auf dem man in den Pausen arbeiten konnte. Roswitha sah der zierlichen Gestalt nach. War Nora etwa beleidigt? Aber wodurch denn bloß? Weil sie ein paar kurze Fallberichte übersetzen sollte? Für die sprachbegabte Norotschka war das doch ein Klacks!
Die Dolmetscher sind schon ein seltsames Volk, dachte Roswitha. Manchmal kannte sie sich mit ihnen einfach nicht aus. Als sie vor drei Jahren begonnen hatte, mit Dolmetschern zusammenzuarbeiten, hatte sie gedacht, sie würde keine zwei Wochen durchhalten. Es war unheimlich gewesen, eine dritte Person im Raum zu haben, auf die man angewiesen war, die einem auf die Finger schauen konnte und mit der man, ja, das auch, manchmal um die Aufmerksamkeit des Klienten wetteifern musste. In den letzten drei Jahren hatte Roswitha mit unterschiedlichen Dolmetschern gearbeitet, mit den sogenannten professionellen und auch mit den sogenannten Laiendolmetschern, mit deutschsprachigen und ausländischen, jungen und älteren, und immer, ausnahmslos immer hatte es irgend-

welche Schwierigkeiten gegeben. Kleinere oder größere, je nachdem, aber ganz reibungslos ging es nie vonstatten. Ein abgeschlossenes Dolmetschstudium war noch keine Erfolgsgarantie, das stand für Roswitha fest. Gerade die Profis taten sich oft schwer, sich auf den therapeutischen Prozess einzulassen und in einem Nachgespräch ihre Gefühle und Eindrücke mitzuteilen. Nora war so ein Fall. Zwar war sie keine ausgebildete Dolmetscherin, aber sie kam aus dem universitären Umfeld, hatte ein gutes Sprachgefühl und verstand sich darauf, um die passenden Ausdrücke zu ringen. Zumindest musste man ihr nicht erklären, warum es wichtig war, sich um sprachliche Feinheiten zu bemühen. Aber wie so viele andere Dolmetscher aus dem akademischen Bereich nahm Nora manchmal eine abwehrende Haltung ein und sperrte sich gegen jede Art von Besprechung. Als Roswitha sie zu Beginn ihrer Zusammenarbeit gebeten hatte, »alles wortwörtlich zu übersetzen«, hatte Nora wie eine fauchende Katze erwidert: »Erstens heißt es im mündlichen Modus dolmetschen und nicht übersetzen, und zweitens gibt es kein wortwörtliches Übersetzen – beziehungsweise: So etwas gibt's schon, aber das klingt dann so, wie wenn man sagt ›I understand only railway station‹ für ›ich verstehe nur Bahnhof‹.« Roswitha hatte sich seitdem gehütet, übersetzen und dolmetschen synonym zu verwenden, und »wortwörtliches Übersetzen« war ihr nicht mehr über die Lippen gekommen. In der Stunde gab es mit Nora so gut wie keine Probleme, sie hatte sehr schnell gelernt, Distanz zu wahren, ohne dabei unfreundlich zu wirken, und was das Dolmetschen anbelangte, war Roswitha zufrieden, soweit sie es beurteilen konnte, aber nach den Stunden wollte zwischen den beiden keine rechte Vertrautheit aufkommen. Nora hielt sich bedeckt, und Roswitha beschlich das Gefühl, dass ihre Dolmetscherin keine besonders gute Meinung von der Psychotherapie hatte. Einmal hatte Roswitha zufällig ein Gespräch zwischen Nora und Erika in der Teeküche mitangehört und hatte gedacht, ja, so sollte unser Gesprächsklima sein, dann könnten wir viel besser miteinander arbeiten, aber sobald sie den Raum betreten hatte, war Nora schlagartig verstummt, und ihr Gesicht hatte wieder den Ausdruck unverbindlicher Professionalität angenommen. Roswitha wusste aus Erfahrung, diese Haltung würde früher oder später zu einer Auseinandersetzung führen oder, noch schlimmer, zu einem stillschweigenden Auseinanderdriften, und irgendwann würde die Dolmetscherin von einem Tag auf den anderen weg sein. Auf diese Weise hatte sie schon zwei Dolmetscher verloren, eben weil sie die Signale ignoriert hatte. Was soll man sonst noch alles machen ... Es war schon schwierig genug mit den Klienten und ihren Geschichten, und dann noch die Sprachbarriere – wie sollte man sich dann auch noch um die Befindlichkeiten der Dolmetscherin kümmern? Mit Nora hatte sie im Großen und Ganzen Glück, sie war zuverlässig und unauffällig. Aber irgendetwas schien an ihr zu nagen, und dieses Etwas würde sich früher oder später massiv bemerkbar machen. Roswitha wusste nicht viel über Noras Leben und ihre Motivation, als Dolmetscherin zu arbeiten, aber sie ahnte, dass sie den Job eher aus Verlegenheit als aus Eigenantrieb angenommen hatte. Vielleicht war das des Rätsels Lösung, schlicht mangelndes Interesse. Nicht gerade gut, aber immer noch besser als überbordende Hilfsbereitschaft, dachte Roswitha. Nichts war ärgerlicher als eine Dolmetscherin mit akutem Helferkomplex. Was hatte sie sich da schon geärgert über Dolmetscherinnen, die in ihrer Freizeit mit den Klienten alle möglichen Ämter abklapperten und als Möchtegern-Sozialarbeiterinnen ihr Unwesen trieben.

Nora hatte vor dem Laptop in der Küche Platz genommen.

Fallstudie, Mai 2016.
Die persönliche Geschichte des Opfers.
Bericht über Herrn A., Fortsetzung

Nora überflog den Bericht und kam sofort zu dem Schluss, dass es sich um keinen anderen als Herrn Achmadow handeln konnte. Geboren 1969 in Tschetschenien, Russland. Wurde von russischen Soldaten gezwungen, als Dolmetscher und Informant zu arbeiten. Wurde unter Folter gezwungen, Namen und Aufenthaltsorte von Rebellen preiszugeben. Musste außerdem erzählen, wo tschetschenische Männer im Dorf begraben waren, weil Grabschändung als Kampfmittel zur Zermürbung der lokalen Bevölkerung eingesetzt wurde. Grabschändung ... wie sagte man das auf Englisch? Nora schlug nach bei Leo. Im Forum lautete ein Eintrag: *desecration of graves*. Gut, das nehm ich, dachte Nora und las den ganzen Bericht einmal aufmerksam durch.

Fallstudie Herr A., Russland/Tschetschenien, geboren 1969

1. Die persönliche Geschichte des Opfers

Herr A. wuchs in einem kleinen Dorf in einer vielköpfigen Familie als jüngstes Kind auf. Er studierte einige Jahre Wirtschaft in Grosny, schloss das Studium aber nicht ab.
Danach kehrte er in sein Heimatdorf zurück, um sich um die alten Eltern zu kümmern. Er heiratete ein Mädchen aus dem Dorf und übernahm den väterlichen landwirtschaftlichen Betrieb. Im Jahr 2000 wurde seine Tochter Hawa geboren, zwei Jahre später der Sohn Aslan.

Die systematische Verfolgung begann im Jahr 2002. Er wurde von russischen Soldaten mehrmals festgehalten und musste als

Dolmetscher und Informant arbeiten. Er wurde aufgefordert, Namen von Kämpfern und ihren Aufenthaltsort preiszugeben. Außerdem sollte er den Soldaten erzählen, wo im Dorf tschetschenische Kämpfer begraben waren. Grabschändung wurde gezielt als Mittel zur Zermürbung der lokalen Bevölkerung eingesetzt. Als er sich weigerte zu kooperieren, wurde ihm zunächst eine finanzielle Belohnung in Aussicht gestellt. Als er das Angebot ausschlug, wurde er schließlich gefoltert.

Herr A. wurde mit Schlägen und Strom gefoltert. Außerdem setzten ihm seine Folterer eine Gasmaske auf und drosselten die Luftzufuhr, sodass er fast erstickte.

Derzeit ist er noch nicht bereit, in der Therapie weitere Details über die angewandten Foltermethoden preiszugeben.

Zwischen 2001 und Ende 2003 wurde er insgesamt siebenmal verhaftet. Die Foltermethoden wurden verschärft, und schließlich tauchte Herr A. unter. Er fand Unterschlupf bei einem Verwandten in einem anderen Dorf. Seine Frau und die beiden Kinder brachte er zu seinen Schwiegereltern in eine Nachbarrepublik, in die Stadt Naltschik. Er bereitete seine Flucht vor und setzte diese schließlich im März 2004 um.

Herr A. ist praktisch unfähig, über die Foltererfahrungen zu sprechen. Bislang hat er nur einmal darüber geredet.

Folterer: *Mitglieder der russischen Militärverbände, Identität unbekannt, da die Männer maskiert waren.*

Foltermethoden: *Schläge auf Kopf, Oberkörper und Nieren mit Knüppeln, Wasserflaschen und Fäusten; tagelanges Stehen in Wasser; Stromschläge; Isolationshaft; künstlich herbeigeführte Atemnot mittels einer Gasmaske; möglicherweise auch sexuelle Demütigung (bislang nur angedeutet).*

Symptome: *Herr A. leidet unter Angstzuständen und Depressionen. Darüber hinaus weist er Symptome einer Posttraumati-*

schen Belastungsstörung auf, wie Flashbacks, Intrusionen, intensive Erinnerungen, Alpträume und massive Schlafprobleme.

Auf der körperlichen Ebene besteht ebenfalls eine auffällige Symptomatik: Hautausschläge, Rückenschmerzen, Nierenprobleme, Kopfschmerzen.

<u>Derzeitiger Zustand</u> (Stand Mai 2010): Die körperliche Symptomatik tritt seltener auf. Herr A. besucht einen Deutschkurs und macht beim Lernen Fortschritte. Außerdem ist er auf Arbeitssuche. Seit er einen positiven Asylbescheid erhalten hat, besitzt er einen Reisepass, mit dem er seine Verwandten in anderen EU-Ländern besuchen kann. Allerdings darf er als anerkannter Flüchtling nun nicht mehr in die Russische Föderation einreisen. Er hat seine Eltern seit seiner Flucht nicht mehr gesehen, aber er hält regelmäßig telefonischen Kontakt. Seine Ehefrau hat er ein Mal gesehen, und zwar im Jahr 2008 in der Ukraine, wo es für sie möglich war einzureisen. Dort haben sie die Möglichkeit einer Familienzusammenführung besprochen, allerdings wurden keine konkreten Pläne gemacht, weil die Ehefrau sich um ihre kranken Eltern kümmern muss und auch Angst vor einem Neuanfang in Europa hat. Herr A. ist nicht sicher, ob sie überhaupt nachkommen will, und zugleich ist er auch nicht sicher, ob er die Verantwortung für seine Familie in Österreich tragen könnte. Er will noch warten, bis er eine stabile Arbeit gefunden hat.

2. Unterstützung durch die Organisation

Der Kontakt wurde durch eine Sozialarbeiterin im Asylheim hergestellt. Herr A. wird derzeit sowohl psychotherapeutisch als auch medizinisch betreut.

Die Psychotherapie findet im wöchentlichen Rhythmus statt. Bislang wurden 13 Stunden absolviert. Herr A. wurde inzwischen als Konventionsflüchtling anerkannt. Das Interview bei der Asylbehörde hatte eine retraumatisierende Wirkung, weil Herr A. die Folter in allen Einzelheiten schildern musste. Er ist noch nicht bereit, in der Therapie seine Erlebnisse aufzuarbeiten, er ist aber zuversichtlich, dass dies bald möglich sein wird.

3. Ergebnisse

Herr A. konnte in der Psychotherapie Vertrauen aufbauen. Sein gesundheitlicher Zustand hat sich verbessert. Er kümmert sich nun besser um seine Gesundheit. Er musste einsehen, dass er seine traumatischen Folter- und Kriegserfahrungen nicht vergessen kann. Seit er Asyl erhalten hat, fühlt er sich sicherer und versucht, Zukunftspläne für sich und seine Familie zu machen. Dies ist keine leichte Aufgabe für ihn, weil er unter akuten Überlebendenschuldgefühlen leidet. Er träumt häufig von engen Freunden und Verwandten, die im Krieg ums Leben gekommen sind; anschließend fragt er sich, warum diese Menschen gestorben sind, während er mit dem Leben davonkommen konnte. Ihn plagt die Frage, ob er es verdient hat zu überleben.

Herr A. versucht, Kontakte zu Österreichern zu knüpfen. Er denkt häufig über Probleme des interkulturellen Zusammenlebens nach und macht sich darüber Gedanken, ob er seine Kinder in Österreich überhaupt nach seinen eigenen Vorstellungen erziehen könnte.

Die Symptomatik der Posttraumatischen Belastungsstörung hat merklich abgenommen, aber wenn Herr A. unter Druck gerät, werden die Symptome wieder stärker.

4. Weitere Unterstützung
Herr A. wird voraussichtlich noch einige Monate lang psychotherapeutische Hilfe in Anspruch nehmen.

Nora lehnte sich zurück und betrachtete das Formular in ihrer Hand. Die Nagelhaut am linken Daumen hing in Fetzen hinunter. Sie hatte also doch wieder an ihrem Finger geknabbert, ohne es zu merken.

»Verdammt«, murmelte sie und zündete sich rasch eine neue Zigarette an, um ihren nervösen Mund zu beruhigen. Es tat gut, das glatte Zigarettenpapier zwischen den Lippen zu spüren und zuzusehen, wie eine Rauchwolke zwischen ihr und dem Bildschirm aufstieg. Nora wusste, die Übersetzung dieses Textes würde heute alle ihre Pausen und Stehstunden auffressen. Aber sie hatte keine Lust, daheim an der Übersetzung zu arbeiten. In ihrer Wohnung wollte sie mit Maskierten, Stromschlägen, Isolationshaft und Demütigungsritualen nichts zu tun haben. Von solchen Texten bekam sie Alpträume.

Von mehreren Klienten hatte sie schon gehört, dass mit Wasser gefüllte Plastikflaschen gerne als Folterwerkzeuge eingesetzt wurden. Gefangenen wurden damit auf die Nierengegend geschlagen. Wasserflaschen hinterließen keine blauen Flecken, wodurch es schwerer war, die Folter nachzuweisen. Eine einfache Plastikflasche konnte die lebenswichtige farblose Flüssigkeit spenden oder aber, wenn sie in falsche Hände und pervertierte Zusammenhänge geriet, einem Mann lebenslange Nierenprobleme bescheren. So war das.

Nora holte tief Luft und stürzte sich auf die Tastatur. Sie tippte wild drauflos, das klackende Geräusch der Tasten beruhigte sie. Zwischendurch schlug sie einzelne Vokabeln und Wortverbindungen im Internet nach und achtete sorgfältig darauf, die Passagen über die Folterung korrekt wiederzugeben. Die Folter, das war das Kernstück des Berichts, damit wurden Subventionen lukriert oder auch nicht. Der Rest war aus bürokratischer Perspektive bloß schmückendes Beiwerk.

Manchmal wünschte sich Nora geradezu, die Rechtspopulisten dieser Welt hätten recht, und alle diese Flüchtlinge wären samt und sonders Lügner und Schwindler. Wären sie doch bloß Sozialschmarotzer, die nichts anderes im Sinn hatten, als sich mit ihren haarsträubenden Geschichten einen Platz in der Hängematte des westeuropäischen Sozialsystems zu erschleichen. Dann würde das alles nicht stimmen, dann wäre alles halb so schlimm, dann wäre eine Wasserflasche eine Flasche mit Wasser und kein Folterwerkzeug. Wie viel Wahrheit war dem Menschen zumutbar? Nora wusste es nicht. Sie wusste nur, dass ihre eigenen Grenzen der Zumutbarkeit arg strapaziert waren, während ihre Finger gehetzt Wörter und Sätze in die Tastatur klopften, Sätze, die ihre Augen nicht sehen wollten und die zu begreifen ihr Gehirn sich weigerte. *He was tortured with electricity and kicks. He was forced to wear a gasmask, then the air-intake was restricted almost until suffocation ensued. For the time being Mr. A. is not able to reveal further details about the methods of torture.*

- dolmetschen -

»Frau Magomadowa ist da, kommst du bitte schnell?«
Roswithas Lockenkopf hatte sich nur ganz kurz durch den Türspalt geschoben und war auch schon wieder verschwunden.

»Ja, sofort!«, rief Nora zurück, betätigte rasch die Speichertaste, drückte ihre Zigarette in den Aschenbecher und sprang auf. Wie spät war es denn? Nora schaute auf ihre Armbanduhr, das einzige Geschenk Vladimirs, das noch in ihrem Besitz war. Die anderen Geschenke – Bücher, CDs und DVDs, Mütze, Schal, Handschuhe und Socken aus dicker Wolle, also die komplette Ausrüstung für den russischen Winter, dazu eine plumpe goldene Halskette mit einem rubinroten Glasstein – das alles hatte Nora in einen Plastiksack gewickelt und bei Olga untergebracht, unter dem Vorwand, keinen Platz mehr in ihrem Koffer zu haben und kein Geld, um Übergepäck zu bezahlen. Das war nicht einmal gelogen gewesen. Von der schönen klassischen Armbanduhr, die eher nach einer Männeruhr aussah und die Vladimir am ersten Jahrestag ihrer Beziehung feierlich um ihr rechtes Handgelenk gebunden hatte, »damit du noch viele, viele unserer gemeinsamen Jahre darauf zählen kannst«, konnte und wollte sie sich aber nicht trennen. Sie zeigte jetzt zwanzig nach zehn an. Nora hatte also mindestens eine Dreiviertelstunde an der Übersetzung gearbeitet, und Frau Magomadowa war wie immer zwanzig Minuten zu spät. Zuspätkommen wurde von Roswitha als »Widerstand gegen die Therapie« interpretiert, für Nora war es nichts anderes als ein naturgegebener Zustand.

Nora wollte noch schnell auf die Toilette gehen, aber als sie sah, dass Roswitha schon an der offenen Tür zum Therapieraum stand, eilte sie zu ihr. Die Klientin hatte schon auf dem Stuhl bei der Tür Platz genommen und saß nun mit dem Rücken zu Nora, die unentschlossen im Türrahmen stand und darauf wartete, dass Roswitha ihren Terminkalender holte und eintrat. Einem ungeschriebenen Gesetz zufolge wählte zuerst die Klientin ihren Sitzplatz, dann die Therapeutin, und schließlich nahm die Dolmetscherin den dritten Sessel, der noch übrig war. Sie war die Dritte, das Sprachrohr, das Bindeglied, aber auch die Pufferzone, die Mittelsfrau, die Hörende und Verstehende, die so viel sprach wie die beiden anderen zusammen, die aber von sich aus nichts sagen, nichts hineininterpretieren, nichts hinzufügen, nichts weglassen durfte. In der Theorie jedenfalls. Sie war die Fliege an der Wand, die Mithörende, Mitwissende, Mitdenkende, Mitfühlende, die trotzdem nicht ganz dazugehörte und jederzeit austauschbar war.

Arbeitete sie gut, fiel sie nicht weiter auf, wie eine diskrete Kellnerin, die ein mehrgängiges Menü so geschickt serviert, dass die Speisen sich von ganz alleine abzuwechseln scheinen. Machte sie aber Fehler, fiel sie unangenehm auf, wie eine Bedienerin, die Rotwein über ein weißes Hemd schüttet. Nora hatte verstanden, ihre Unauffälligkeit musste mühelos und ungezwungen rüberkommen, wie eine gut einstudierte Pirouette. Arbeitete sie gut, würden die Gesprächspartner das Gefühl haben, sie sei gar nicht da. Sie setzte ihre unverbindliche Dolmetschermiene auf, wachsam und zugewandt, aber nicht zu neugierig; kontrolliert, aber nicht zu distanziert, eine abwartende, perfekt unauffällige Projektionsfläche.

»Sdrasstwujte.«

»Guten Tag«, hörte sich Nora in ihrer Dolmetschstimme sagen.

Wenn sie dolmetschte, klang ihre Stimme eine Nuance glatter, neutraler und sachlicher als das, was sie als ihre eigene Stimme zu hören gewohnt war.

»Ja, also, wie geht es Ihnen heute?«, fragte Roswitha und lächelte der Klientin aufmunternd zu, während sie zugleich das obligatorische Anwesenheitsformular ausfüllte.

Daraufhin sagte Nora auf Russisch: »Wie fühlen Sie sich heute?« Die Phrase *Kak waschi dela?*, die schablonenhafte Entsprechung aus dem Wörterbuch für *Wie geht es Ihnen?*, erschien ihr in diesem Kontext zu salopp, zu wenig verbindlich. Solche winzigen Umdeutungen und Anpassungen nahm sie inzwischen automatisch vor, ohne darüber zu grübeln, ob es legitim war, ein kleines Stückchen vom Original abzuweichen. Der Auslöser dafür, dass sie sich diese kleinen Freiheiten ungefragt nahm, wann immer es ihr nötig erschien, war ein peinliches Missverständnis gewesen, das sich ganz zu Beginn ihrer Dolmetschtätigkeit in der Psychotherapie zugetragen hatte. Damals hatte eine Psychotherapeutin am Ende einer Stunde gefragt: »Was konnten Sie heute aus der Stunde mitnehmen?« Nora hatte den Satz wörtlich gedolmetscht, woraufhin der Klient aufgebracht erklärt hatte: »Aber ich habe doch nichts geklaut!« Seitdem vertraute sie in erster Linie ihrer eigenen sprachlichen Intuition und bemühte sich um eine adäquate Wiedergabe der kommunikativen Absicht, anstatt sich auf die jeweils verwendeten Wörter zu konzentrieren. Mit therapeutischen Floskeln wie »Was macht das jetzt mit Ihnen?«, »Was machen Sie mit Ihrer Wut?« oder »Das lassen wir jetzt einfach mal so im Raum stehen« hielt sie sich inzwischen nicht mehr lange auf und gab sie einfach so wieder, wie es ihr intuitiv sinnvoll erschien. Manchmal war ein bestimmtes Wort von entscheidender Bedeutung, und dann wieder war ein Wort bloß eine Hülle, die Nora bei der Übertragung in die andere Sprache abstreifte, um den Kern des Gedachten zutage zu fördern.

Wörter und Worte, das war nicht ein und dasselbe. Es war gar nicht einfach gewesen, dem verdutzten Vladimir, der an und für sich nicht schlecht Deutsch sprach, den Unterschied zwischen diesen beiden Pluralformen von »Wort« zu erklären. Wie präzise die deutsche Sprache zuweilen sein konnte, wollte und auch musste, das war Nora erst durch das Dolmetschen richtig zu Bewusstsein gekommen.

»Normaljno«, beantwortete Frau Magomadowa schüchtern Roswithas Frage nach ihrem Wohlbefinden.

Normaljno bedeutete eigentlich *normal,* aber Nora sagte ohne zu zögern: »Danke, gut.« Es war nichts anderes als die Standardantwort auf eine Standardfrage, und Nora sah keinen Bedarf, an den einzelnen Wörtern kleben zu bleiben.

»Frau Magomadowa, Sie waren letztes Mal nicht da. Ihr Sohn hat am Telefon gesagt, dass Sie krank waren. Was hatten Sie denn?«

Nora dolmetschte, und Frau Magomadowa begann mit leiser Stimme zu sprechen, ohne aufzublicken. Ihre Hände strichen immer und immer wieder ein Taschentuch glatt.

»Ehrlich gesagt stimmt das nicht. Ich war gar nicht krank. Es gab einen schlimmen Streit im Heim. Ich bin einfach im Bett liegen geblieben. Zu Mustafa habe ich gesagt, er soll hier anrufen und sagen, dass ich krank bin. Es war schlimm, Mustafa wollte zuerst nicht. Sonst sage ich ihm ja immer, dass er nicht lügen darf. Er hat mir dann den Gefallen getan. Danach hatten wir aber auch Streit. Es tut mir alles sehr leid.«

»Ich verstehe schon«, sagte Roswitha mitfühlend, nachdem sie die Worte der Klientin aus Noras Mund vernommen hatte.

Frau Magomadowa drückte sich das glattgestrichene Taschentuch ans Gesicht.

»Immer schön eins nach dem anderen, wir haben Zeit«, sagte Roswitha, und Nora dolmetschte: »Beruhigen Sie sich zuerst und erzählen Sie dann.«

»Entschuldigen Sie bitte, es geht gleich wieder«, presste Frau Magomadowa durch das inzwischen zerknüllte und durchnässte Taschentuch hervor. Sie atmete tief durch und setzte wieder zum Sprechen an, dabei blickte sie keine der beiden anderen Frauen im Raum an, sondern starrte auf ihre Hände, die an dem nassen Taschentuch herumkneteten.

»Der Streit hat sich schon länger angebahnt. Im Zimmer neben mir wohnt eine afrikanische Frau mit drei kleinen Kindern. Ich habe nichts gegen diese Frau, ich kenne sie ja kaum, sie spricht noch schlechter Deutsch als ich, wir haben nur ein paar Worte gewechselt. Wir sehen uns immer in der Küche oder in den anderen Gemeinschaftsräumen. Das Problem ist, ihre Kinder sind einfach zu laut. Ich halte das nicht aus, ich bekomme Kopfschmerzen von diesem ständigen Geschrei.«

Frau Magomadowa machte eine kurze Pause, die Nora nutzte, um das Gesagte zu dolmetschen.

»Die Kinder rennen andauernd herum, vor allem in der Küche macht mich ihr Geschrei wahnsinnig. Vor kurzem haben sie einen Teller und mehrere Gläser zerschlagen. Ich weiß, die Kinder machen das nicht absichtlich, aber meine Nerven, Sie wissen schon ...«

Wie um ihr angegriffenes Nervenkostüm mit einer Geste zu unterstreichen, zeigte Frau Magomadowa ihre zitternden Hände.

»Ja wsja na njerwach«, sagte sie. *Ich bin ganz auf Nerven* hieß das wörtlich. Nora sagte: »Meine Nerven liegen blank« und fragte sich zugleich, ob das die optimale Übersetzung war. Zuerst hatte sie »nervös« sagen wollen, aber mit diesem Adjektiv verband sie eher so etwas wie Aufregung, möglicherweise sogar eine freudige Erwartung. Vor einem Date konnte man unter Umständen auch nervös sein. Hingegen war das, was Frau Magomadowa mit *na njerwach* meinte, eher *genervt* und zudem angstbesetzt. Mit diesem Ausdruck beschrieben viele den Zustand des Wartens auf den Brief aus dem Bundesasylamt. *Na njerwach* war man, wenn der Postmann kam oder wenn man den Lärm nicht länger ertrug und selbst Angst hatte, dass man bald durchdrehen würde.

»Und außerdem, diese Frau, diese Afrikanerin«, setzte Frau Magomadowa nun mit ruhigerer Stimme fort, »also, diese Frau und ich teilen uns den Putzdienst. Eine Woche ist sie dran, eine Woche ich. Aber sie macht ihre Arbeit nicht gut. Ich muss viel mehr putzen als sie. Und jetzt ...«

Frau Magomadowa rang sichtlich um Worte.

»Es ist mir so unangenehm. Ich wollte das wirklich nicht ...«

»Was ist denn genau passiert? Erzählen Sie es einfach. Ich höre Ihnen gut zu«, sagte Roswitha.

»An diesem Tag letzte Woche habe ich es nicht mehr ausgehalten. Ich hatte in der Nacht davor nicht geschlafen, ein Baby im Stock hatte ständig gebrüllt, Sie haben ja keine Ahnung, es ist oft nicht auszuhalten, die Wände sind wie aus Papier. Also, ich war an diesem Tag richtig genervt und hatte Kopfschmerzen, und dann ging ich in die Küche und wollte Mittagessen kochen, aber als ich in die Küche kam, war alles dreckig, diese Frau hat überhaupt nicht geputzt, obwohl es ihre Woche war, es gab kein sauberes Geschirr, und dann sind auch noch ihre Kinder hereingekommen und waren laut, so laut, mein Kopf ist fast explodiert, und dann habe ich es einfach nicht mehr ausgehalten und bin runter ins Büro und habe gesagt, ›die afrikanische Frau, schmutzig‹, und habe das mehrmals wiederholt, und ich glaube, ich war sehr aufgebracht, und ...«

»Nehmen Sie ein Schluck Wasser. Sie müssen Pausen machen, sonst kommt unsere Dolmetscherin nicht nach«, sagte Roswitha.

»Verstehen Sie, die denken jetzt alle dort, dass ich eine Rassistin bin und dass ich etwas gegen die Frau habe, weil sie eine Afrikanerin ist. Sie haben mir sogar eine Psychologin vom Heim an den Hals gehetzt. Dabei ist es mir vollkommen egal, ob die Frau schwarz, gelb oder rosafarben ist, ich will nur meine Ruhe. Den Lärm ertrage ich nicht, und Dreck auch nicht. Ruhig muss es sein und sauber, das ist alles, was ich brauche.«

»Wen meinen Sie, wenn Sie ›die alle dort‹ sagen?«

»Ich meine den Heimleiter und die Sozialarbeiterin. Die Leute im Büro. Sie haben mich falsch verstanden, aber das ist meine Schuld, ich kann ja kein Deutsch. Aber wie soll ich Deutsch lernen, wann, wie, wo, wenn ich ständig irgendwo schwarz putzen gehen muss und dann auch im Heim putze, und dann immer die fürchterlichen Kopfschmerzen, ich kann einfach nicht mehr, ich halte das alles nicht mehr aus ...«

Mit dem zerknüllten Taschentuch an das Gesicht gepresst versuchte Frau Magomadowa sich zu sammeln. Nora gab inzwischen das Gesagte wieder.

»Sie haben ja keine Ahnung, wie ich früher war. Ich war stark und lebenslustig. Habe immer alle um mich herum zum Lachen gebracht. Meine Brüder, meine Eltern, meinen Mann, auch seine Eltern ... Ich war ein Spaßvogel. Alle kamen mit ihren Sorgen zu mir, weil ich jeden aufmuntern konnte. Stellen Sie sich vor, man nannte mich ›die Psychologin‹, dabei kannten wir damals die Psychologen nur aus den Hollywood-Filmen.«

Frau Magomadowa lachte bitter auf.

»Ich und eine Psychologin. Von wegen! Jetzt brauch ich selbst eine Psychologin, weil ich schon völlig wahnsinnig geworden bin, und weit und breit keiner da, um mich aufzumuntern. Nicht einmal meinem armen Mustafa kann ich helfen. Anstatt dass ich ihm eine Stütze bin, brauche ich ständig seine Hilfe. Armer Junge. Jetzt hat er ohnehin schon keinen Vater, und dann noch eine Mutter, die immer nur heulend im Bett liegt.«

»Selbstvorwürfe bringen Sie nicht weiter«, warf Roswitha rasch ein, um einem neuerlichen Aufwallen des Redestroms Einhalt zu gebieten.

Nora kramte hektisch in ihrem Gedächtnis, aber das Wort »Selbstvorwurf« oder auch nur »Vorwurf« wollte ihr partout nicht einfallen, also sagte sie »Es hat keinen Sinn, wenn Sie zu streng zu sich selbst sind.«

»Ich bin nicht zu streng mit mir«, antwortete Frau Magomadowa. »Ich bin zu wenig streng mit mir. Das ist das Problem.«

»Das sehe ich nicht so. Ihre Lage ist ja nicht einfach. Sie warten schon so lange auf den Asylbescheid ...«

»Das tun andere auch. Und trotzdem schaffen sie es, ihre Kinder großzuziehen und laufen nicht hysterisch durch die Gegend wie ich. Wie eine Fliege ohne Kopf.«

Nora machte aus der Fliege ein »kopfloses Huhn«.

»Frau Magomadowa, glauben Sie mir, ich habe mit vielen Frauen in einer ähnlichen Lage wie der Ihren zu tun, und im Vergleich zu vielen anderen machen Sie Ihre Sache sehr gut.«

»Frau Roswitha, Sie haben mit solchen zu tun, die es gar nicht mehr aushalten, wenn sie nicht einmal pro Woche einen Termin beim Psychologen haben. Aber ich kenne auch wirklich starke Frauen, die genauso in einer schwierigen Situation sind, die auch allein sind und trotzdem ihre Nerven behalten.«

»Frau Magomadowa, Sie *sind* eine starke Frau.« Roswitha betonte das Wörtchen *sind*. Nora musste kurz nachdenken. Im Russischen existierte das Verb *sein* nicht in der Gegenwartsform. Sie musste also eine andere Lösung finden. Sie sagte: »Wy *otschenj* siljnaja schenjschtschina«, »eine *sehr* starke Frau«.

»Da ladno ...«, winkte Frau Magomadowa ab, »ach wo denn ...«

»Ja, wirklich. Sie sind eine starke Frau«, bekräftigte Roswitha.

»Verstehen Sie, im Heim denken jetzt die Leute im Büro, dass ich eine Rassistin bin. Die denken: Ja klar, die Tschetschenen können nicht mit den Afrikanern. Punkt. Kommen alle miteinander ungerufen daher und führen sich dann auch noch auf. Und das mit den rassistischen Tschetschenen stimmt oft sogar. Ich kenne genug von meinen Landsleuten, die wirklich so denken, die sich vor den Afrikanern ekeln wie vor Hunden und sie für Menschen niedriger Sorte halten und keine Gelegenheit auslassen, einen Skandal zu veranstalten. Aber ich bin nicht so jemand. Meine Familie war immer sehr weltoffen. Wir hatten russische und armenische und georgische Freunde, mein Cousin hatte eine russische Frau, als Kind war ich in vielen Teilen der Sowjetunion, mein Vater hatte überall Verwandte und Bekannte, und die waren nicht alle Tschetschenen. Mein Vater hat in Moskau Maschinenbau studiert und hatte Studienkollegen aus Äthiopien und aus anderen afrikanischen Ländern, er hat uns oft Fotos aus seinen Studententagen gezeigt. Sie wissen ja, wie das in der Sowjetunion war, da wurde der Internationalismus großgeschrieben.«

Roswitha konnte sich unter dem Internationalismus in der Sowjetunion nichts vorstellen, aber sie nickte wissend und ermunterte die Klientin zum Weitersprechen.

»Also, ich bin ja noch in der Sowjetunion groß geworden und habe den ganzen Mist geglaubt, von wegen ›Proletarier aller Länder‹ und ›Pioniere‹ und ›sozialistische Internationale‹ und der ›dekadente Westen‹, der kurz vor dem Kollaps steht, und so weiter. Meine Familie war sehr modern, sie gehörten gewissermaßen zur *Intelligenzija* ...«

Nora war nicht sicher, ob Roswitha mit dem Begriff »Intelligenzija« irgendetwas würde anfangen können, also sagte sie: »Ich komme aus einer modernen Familie, meine Eltern waren Intellektuelle.«

»Bleiben wir doch bei Ihrer Familie. Letztes Mal haben Sie erzählt, dass Sie das jüngste Kind sind, nicht wahr? Und Sie haben einen Bruder im Krieg verloren?«

»Ich habe zwei Brüder im Krieg verloren«, sagte Frau Magomadowa mit leiser Stimme und starrte auf den Boden.

»Stimmt, es waren zwei«, sagte Roswitha, kramte hektisch in ihren Aufzeichnungen und machte sich eine Notiz.

»Der jüngere, der nur zwei Jahre älter war als ich, hat sich den Kämpfern angeschlossen und ist irgendwo in den Bergen ums Leben gekommen. Man hat es uns erzählt, aber seinen Leichnam haben wir nicht gesehen, wir konnten ihn nicht begraben, und irgendwie hoffe ich noch immer ... obwohl ich weiß, ich darf nicht hoffen ... Und der andere, der Älteste, war Arzt und war immer gegen den Krieg und hat Jusup, den Jüngeren, immer davon abhalten wollen, in den Krieg zu ziehen, aber Jusup wollte nicht hören. Nie hat er auf irgendjemanden gehört. Aber Ayub ist jetzt genauso tot, mit seinen pazifistischen Ideen und seinem Arztkittel, einfach bei einer Bombardierung Grosnys ums Leben gekommen. Tot. Von den vielen anderen Verwandten, die ebenfalls gestorben sind, mag ich jetzt gar nicht sprechen. Und mein Mann ...«

»Frau Magomadowa, über Ihren Mann sprechen wir lieber das nächste Mal, sind Sie einverstanden? Sie sind heute sehr aufgebracht, und ich möchte nicht, dass Sie sich noch mehr aufregen.«

»Sie haben recht. Ich darf jetzt nicht auch noch an Tschetschenien und an die Vergangenheit denken. Sonst habe ich wieder nichts als Kopfschmerzen, und wer hat etwas davon ... Jetzt muss ich erst meine Probleme im Heim lösen.«

»Glauben Sie, das wird ein Nachspiel haben?«

Nora dolmetschte: »Glauben Sie, es wird negative Folgen für Sie haben?«

Frau Magomadowa dachte kurz nach: »Ich kann es nicht ungeschehen machen. Aber ich glaube nicht, dass es wirklich negative Folgen geben wird. Alle im Büro denken jetzt, ich bin eine Rassistin. Typisch Tschetschenin, denken sie. Diesen Eindruck kann ich jetzt nicht mehr verändern. Ich weiß auch nicht genau, wie viel die afrikanische Frau selbst von meinem Anfall mitbekommen hat. Es gibt eine Dolmetscherin im Heim, und ich habe versucht, mit ihrer Hilfe mit der Afrikanerin ins Gespräch zu kommen, aber sie spricht nur ein schlechtes Englisch und so gut wie kein Deutsch. Ich habe ihr dann einfach einen selbstgebackenen Kuchen gebracht. Keine Ahnung, ob sie verstanden hat, warum ich das tue, und keine Ahnung, ob sie den Kuchen gegessen hat. Wahrscheinlich hat sie ihn weggeschmissen. Ich würd es ihr nicht übelnehmen, schmeckt ja nicht jedem alles. Über Geschmack lässt sich nicht streiten, sagt man bei uns.«

»Bei uns sagt man das genauso«, sagte Roswitha und lächelte.

»Mir würde ihr Essen auch nicht schmecken, schon der Geruch ist unerträglich, um ganz ehrlich zu sein. Ich hoffe, sie denkt jetzt nicht, dass sie mir auch etwas zum Essen bringen muss. Ich müsste es dann an ihr vorbei zum Müllraum schmuggeln oder ins Klo werfen«, sagte Frau Magomadowa und lachte herzlich, und ihre hinteren Goldzähne blitzten kurz auf.

»Es hat sich nichts verändert, die Kinder sind noch immer laut und lästig, ich muss noch immer sehr viel mehr putzen als sie, aber in den letzten Tagen habe ich mich unter Kontrolle und versuche einfach, unauffällig zu bleiben. Bloß keine Aufmerksamkeit erregen.«

Keep a low profile, das wäre jetzt die perfekte Entsprechung im Englischen, dachte Nora. Diesen Ausdruck hatte Vladimir gerne verwendet, wenn er von den großen Aktionärssitzungen erzählte, das war damals seine Devise gewesen, *keep a low profile*.

»Wissen Sie schon, wie lange Sie noch in dem Heim leben werden?«

»Das ist ja eben. Ich will nicht mit einem Skandal gehen. Der Bescheid vom Bundesasylamt kann jeden Tag kommen. Dann werde ich sowieso umziehen müssen. Oder dürfen«, fügte sie lächelnd hinzu. »Aber wer weiß, wohin, ob es dann besser wird oder schlechter ... ob wir überhaupt einen positiven Bescheid bekommen oder einen negativen ... ob ich dann eine *Positiwschitza* oder eine *Negatiwschitza* bin ...«

Nora mochte diese Wortschöpfungen, die sich im Mikrokosmos des Asylwesens herausgebildet hatten, Mischungen aus deutschen und russischen Elementen, die nur von dieser spezifischen Gruppe von Menschen benutzt und verstanden wurden. Im Asyl-Slang hieß dann eine Heimleiterin »Schefinja«, die Sozialarbeiterin war »Sozialka«, und für die meisten war das »Bundesasylamt« einfach »der Bundesasylant«. Wörter wie »Heim«, »Taschengeld«, »Schubhaft«, »U-Bahn«, »Berufung«, »Termin«, »Interview« oder »Bescheid« wurden kurzerhand übernommen und wie russische Wörter dekliniert. Noras Favorit unter den Lehnwörtern war »Positiwschitza« für »anerkannter

Flüchtling weiblichen Geschlechts« oder das Gegenteil davon, die »Negatiwschitza«. Bei einem Mann hieß es dann »Positiwschik« oder »Negatiwschik«. Ihr schoss der Gedanke hoch, Vladimir eine SMS zu schreiben: *Dreimal darfst du raten, was hierzulande eine Negatiwschitza ist? Tipp: Hat mit »Schwarzmalen« nichts zu tun!* Vladimir sammelte seltsame Ausdrücke im Deutschen, aber es war wohl keine gute Idee, ihm so etwas zu schreiben. Zurzeit hatten sie keine Gesprächsbasis für solche unverbindlichen Späße.

»Frau Magomadowa, wir haben nicht mehr viel Zeit, weil Sie später gekommen sind. Draußen warten schon andere Klienten.«

»Ja, ich weiß, es tut mir leid.«

»Ist kein Problem, ich erkläre Ihnen nur, warum wir jetzt Schluss machen müssen. Ich würde gerne heute länger mit Ihnen sprechen, aber das wird leider nicht gehen. Aber ein wenig Zeit haben wir noch. Letztes Mal haben wir Entspannungsübungen probiert, wissen Sie noch?«

»Ja.«

»Haben Sie versucht, sie zu Hause zu machen?«

»Ja, ich habe es versucht, aber es hat überhaupt nicht funktioniert. Ich kann das nur hier bei Ihnen. Mit Ihnen.«

Nora rollte innerlich mit den Augen. Roswithas Entspannungsübungen stellten ihre Geduld mächtig auf die Probe. Die ganze Anordnung kam ihr esoterisch vor, und sie musste sich zusammenreißen, um sich nicht anmerken zu lassen, dass sie die Situation befremdlich fand, peinlich für alle Beteiligten, eine einzige Orgie des Fremdschämens. Roswitha hatte sie bei einem Nachgespräch gebeten, ihre Stimme bei Entspannungsübungen zu modulieren. »Mitschwingen«, hatte sie gesagt. »Du solltest versuchen, mit meiner Stimme mitzuschwingen und die Entspannungsübung mitzutragen.« Nora war fast in Gelächter ausgebrochen, weil in ihrem Kopf unwillkürlich eine Szene aufgetaucht war: Roswitha und sie in Hippiekleidung und langem, wallendem Haar auf einer Wiese, wie sie sich an den Händen halten und miteinander »schwingen«, während die Klientin sich entspannt ...

Lachen und Weinen, das war in der Therapie den Klienten vorbehalten, aber Nora wusste aus Erfahrung, dass auch ihre eigenen emotionalen Kontrollmechanismen ohne Vorwarnung versagen konnten. Manchmal war der Mensch eben doch stärker als die Rolle.

Einmal war sie weinend aus einer Therapiestunde hinausgerannt, als ein Klient ausführlich und mit einer unheimlich tonlosen Stimme beschrieben hatte, wie Dorffrauen in einer provisorischen Halle Leichname von jungen Männern inspiziert hatten, auf der Suche nach ihren vermissten Söhnen, die möglicherweise im Kampf gefallen waren. »Ich habe eine bestimmte alte Frau beobachtet, sie war ganz klein, fast kleinwüchsig, und hatte ungewöhnlich helle Augen, so wie meine Mutter, und ich sah, wie sie das Tuch vom Gesicht eines Toten nahm, und wie dann ein Lächeln der Erleichterung über ihr Gesicht huschte. Und dann ging sie zum nächsten Leichnam, und ihre Hand zitterte, als sie das Tuch wegzog und in ein entstelltes Gesicht starrte, das mit einem menschlichen Antlitz nichts mehr gemeinsam hatte, aber dennoch konnte sie erkennen, dass es nicht ihr Sohn war, und ihre Gesichtszüge hellten sich kurz auf. Und dann suchte sie weiter, in der Halle waren Dutzende tote Männer aufgebahrt, und dazwischen gingen Dutzende lebender Frauen umher, und sie alle schlurften von einem zum anderen und hofften inständig, nichts zu finden.«

Es war schon spät gewesen an jenem Tag, Nora hatte mehrere Therapiestunden hinter sich, und diese grauenhafte Szene, die der Klient durch sein Sprechen in den Raum gestellt hatte, war mehr gewesen, als sie zu diesem Zeitpunkt hatte ertragen können. Sie war wortlos aufgesprungen, in die Toilette am Gang gerannt, hatte mit einer ruckartigen Bewegung die Brille abgenommen, ihr Gesicht im kalten Wasser vergraben, anschließend mehrmals tief durchgeatmet und dann langsam ihre Brille wieder aufgesetzt. Aus dem Spiegel hatte ihr ein ganz normales Gesicht entgegengeblickt. Ein wenig gerötet, aber ansonsten unverändert. Ihr ureigenes Gesicht, dem man das soeben gehörte Grauen niemals ansehen würde. Dabei kam es Nora so vor, als wäre sie in den letzten zehn Minuten um Jahre gealtert. Mit Staunen hatte sie zur Kenntnis genommen, dass ein Kopf, der soeben Zeuge einer derart pervertierten Szenerie geworden war, wenn auch nur aus zweiter Hand, imstande war, weiterhin seine übliche Visage zur Schau zu tragen, seine gute alte Miene zum abartigen Spiel. Das also musste die sprichwörtliche Sprachgewalt sein, im eigentlichen Sinne dieses Wortes. Es war ja nur Sprache, die da in ihrem Kopf und ihrem Körper ihr Unwesen trieb, und wer hätte gedacht, dass schlichte Sätze so etwas auslösen könnten, und konnte es sein, dass es ein anderes Wort dafür bräuchte: Wie wäre es mit *Sprechgewalt?*

Als sie in den Therapieraum zurückgekehrt war, hatte der Klient sie zerknirscht und irgendwie dankbar angesehen: »Es tut mir leid, Sie sind noch sehr jung, so etwas hätten Sie nicht hören dürfen.« Nora hatte den Satz nicht gedolmetscht, sondern stattdessen auf Russisch geantwortet: »Nein, mir tut es leid. Bitte sprechen Sie ruhig weiter, es ist alles wieder in Ordnung.« Aber der Klient hatte dann nur noch irgendetwas von einer Versammlung im Heim gestammelt und sich eilig verabschiedet, und auch Nora hatte sich bald darauf aus dem Staub gemacht, ohne auf Roswithas Angebot, gemeinsam noch etwas zu trinken, einzugehen. Den Klienten hatte sie nie wiedergesehen. Vermutlich hatte Roswitha einen anderen Dolmetscher organisiert, oder vielleicht war er gar nicht wiedergekommen.

- entspannen -

Bei Entspannungsübungen war die Gefahr groß, dass Nora unvermittelt in Lachen ausbrach. Wenn Roswithas Stimme mit einem Mal gedämpfter klang, kam es Nora so vor, als hätten emsige, unsichtbare Bühnenarbeiter die Kulissen ausgetauscht und mit einem Schlag das Bühnenbild verändert. Sie holte einmal tief Luft und versuchte, sich zu konzentrieren. Es konnte losgehen.

»Sie wissen ja noch, wie das geht, ja?«, fragte Roswitha.
»Ja.«
»Also dann, fangen wir an. Setzen Sie sich ganz bequem in den Sessel.«

Frau Magomadowa machte einige Bewegungen, bis sie ihre ideale Sitzposition gefunden hatte. Nora tat es ihr unwillkürlich nach, drückte ihren Rücken gegen die gepolsterte Rückenlehne und ließ ihre Hände auf den Oberschenkeln ruhen.

»Wenn Sie wollen, können Sie nun die Augen schließen«, sagte Roswitha mit gedämpfter Stimme und ging mit gutem Beispiel voran.

Frau Magomadowa schloss ebenfalls die Augen.

Nora starrte auf ihre Turnschuhe, schwarze *All Stars*, an denen das weiße Vorderteil aus Plastik vom vielen Tragen grau gefärbt war. Sie tat sich schwer, die Augen zu schließen, weil sie Angst hatte, die beiden anderen könnten ihre Augen wieder aufmachen, und wie lächerlich würde es dann aussehen, wenn sie, die Dolmetscherin, ganz allein mit geschlossenen Augen dasäße. Die Situation war peinlich genug, zum Idioten musste sie sich nicht auch noch machen, das zumindest nicht, nein danke.

»Spüren Sie nun ganz genau, wie Ihr Körper Kontakt mit der Außenwelt hat. Spüren Sie Ihre Füße, die am Boden stehen, spüren Sie die Hinterseite Ihrer Oberschenkel, Ihr Gesäß, Ihren Rücken, Ihre Unterarme, spüren Sie, wie Sie jetzt dasitzen.«

Nora dolmetschte und gab sich Mühe, Roswithas rhythmischen Tonfall nachzuahmen. Das Wort »Gesäß« musste sie kurzerhand unterschlagen, weil ihr im Russischen kein passender Ausdruck einfiel. Sie kannte *popa* für Popo oder *schopa* für Arsch, aber ein neutraler Begriff kam ihr nicht in den Sinn. Das muss ich nachschlagen, dachte sie, und korrigierte sich sogleich in Gedanken: *oder auch nicht. Ist doch wurscht, auf das Gesäß kommt's nicht an. Obwohl die ganze Übung für den Arsch ist.* Kaum hatte sich dieser Satz in ihrem Kopf gebildet, spürte sie schon, wie das Lachen sich ihrer Bauchmuskeln bemächtigte und sich den Weg nach oben bahnte. Sie wusste, jetzt durfte sie auf keinen Fall zu Roswitha oder zur Frau Magomadowa schauen, ansonsten wäre der aufkeimende Lachanfall nicht mehr zu stoppen. Eins, zwei, drei, vier, fünf, sechs, *ras, dwa tri, tschetyrje, pjatj, schestj,* zählte sie die kleinen weißen Kreise für die Schnürsenkel auf ihren Turnschuhen ab, bis die Lachwelle in ihrer Bauchgegend abgeebbt war.

»Und jetzt atmen Sie tief ein und spüren Sie, wie die Luft durch Ihre Nase in Ihren Körper gelangt, und wie sie durch die Luftröhre hinuntergleitet, in Ihren Bauch hinein. Spüren Sie, wie Ihre Bauchdecke sich hebt und wieder senkt, wenn Sie ausatmen. Hinauf und hinunter. Atmen Sie fünf Mal ganz bewusst ein und aus. Ein und aus.«

Nora dolmetschte satzweise Roswithas Anweisungen und passte ihre Atmung dem Sprechtempo an. Sie spürte, wie sich ihr Brustkorb hob und senkte und fragte sich, ob sie richtig atmete, und was richtiges Atmen überhaupt bedeutete.

»Und jetzt versuchen Sie, sich einen schönen Ort vorzustellen, einen See oder einen Wald ...«, fuhr Roswitha fort und hätte das letzte Wort am liebsten zurückgenommen. Die Klientin hatte nämlich in einer Therapiestunde erzählt, dass sie sich noch immer vor Wäldern fürchtete, weil sie sich während des Krieges zeitweise in einem Wald versteckt hatte und weil ihr Bruder, als er sich den Kämpfern angeschlossen hatte, »in den Wald gegangen« war. Auch bei der illegalen Grenzüberquerung auf dem Weg nach Österreich hatte sie mehrere Tage und Nächte in einer Gruppe mit anderen Flüchtlingen und ihren beiden Schleppern in einem Wald im Grenzgebiet ausgeharrt. Das war im frühen Winter gewesen, und als die Flüchtlinge von der Polizei aufgegriffen wurden, waren bei einigen von ihnen Ansätze von Frostbeulen zu sehen gewesen, so auch bei Mustafa. Frau Magomadowa hatte auch von ihren Panikattacken in ihrer ersten Unterkunft erzählt, die am Waldrand gelegen war. Für Frau Magomadowa war der Wald alles andere als ein Ort der Erholung und der Rekreation. Roswitha hoffte, die Klientin würde das Wort einfach überhören und legte sicherheitshalber nach: »Wandern Sie mit Ihren Gedanken zu einer Wiese oder zu einem Fluss oder einem schönen Garten ...«

Roswitha konnte nicht wissen, dass Nora das Wort »Wald« ohnehin weggelassen hatte, weil ihr rechtzeitig eingefallen war, dass Frau Magomadowa schon einmal bei der Erwähnung von Wald eine solche Entspannungsübung abgebrochen hatte. Nora ließ im Russischen auch nicht »die Gedanken wandern«, weil ihr keine entsprechende Metapher einfiel, sondern sagte bloß: »Stellen Sie sich eine Wiese vor, oder einen Fluss oder einen schönen Garten ...«

Dafür ließ Nora ihre eigenen Gedanken wandern, und zwar zu einem menschenleeren Strand in der Nähe von Sankt Petersburg, wo sie einmal mit Olga und zwei deutschen Praktikantinnen aus dem Goethe-Institut mit dem Vorstadtzug *Elektritschka* hinausgefahren war. Es war ein windiger Tag gewesen, an Baden war nicht zu denken, aber das Gefühl, einige Stunden lang die milde Sonne des Nordens auf der Haut zu spüren und nichts anderes als das Rauschen der Wellen zu hören, war ihr als ein spezielles Meereserlebnis in Erinnerung geblieben, so ganz anders als die überfüllten, hektischen Adriastrände aus dem Familienurlaub. Hier aber das Meer, ein riesiger, weltumspannender Organismus, die Wellen nichts anderes als sein Ruhepuls. Ihr um den Oberkörper gewickeltes Halstuch konnte jeden Moment vom Wind fortgerissen werden. Sie hatte ihre Arme um ihren Oberkörper geschlungen und lange zugeschaut, wie das hellblau gemusterte Halstuch unaufhörlich flatterte, als wäre es ebenfalls ein Lebewesen, das den unbändigen Wunsch hat, davonzufliegen.

Roswitha warf einen kurzen Blick auf den kleinen, dezenten Wecker, der auf dem Tischchen zwischen ihnen neben der großen Packung Taschentücher stand. Es war schon ein paar Minuten nach elf, sie hatte die Zeit übersehen.

»So ... atmen Sie noch drei Mal tief ein und aus und wandern Sie mit Ihren Gedanken zurück zu diesem Raum. Spüren Sie, wie Ihr Körper Kontakt zum Sessel hat und wie Ihre Füße den Boden berühren. Wenn Sie das Gefühl haben, Sie sind wieder in diesem Zimmer, können Sie die Augen langsam wieder aufmachen.«

Nora merkte erst da, dass sie ihre Augen inzwischen ebenfalls geschlossen hatte. Wie viel Zeit war vergangen? Offenbar machte Roswitha ihre Sache doch sehr gut, denn Nora fühlte sich rundum entspannt, wie nach einem kurzen Nachmittagsschläfchen, so einem, nach dem man mit einem Speichelfleck auf dem Kopfkissen unter dem Mundwinkel aufwachte. Sie machte ihre Augen langsam auf und sah, wie Frau Magomadowa ebenfalls allmählich ins Hier und Jetzt hineinglitt. Die Gesichtszüge der Klientin waren entspannt, ein Lächeln umspielte ihre Lippen.

»Wo sind Sie jetzt mit Ihren Gedanken gewesen?«, fragte Roswitha.

»An einem See.«

»Waren Sie allein?«

»Ja, ich war allein. Ein Schwan war auch da.«

»Ein Schwan oder zwei? Die Schwäne sieht man meistens paarweise.«

»Nein, der Schwan war allein. So wie ich.«

Frau Magomadowa richtete ihr Kopftuch, nahm ihre klobige, schwarze Tasche vom Boden in die Hand, erhob sich umständlich vom Sessel und sagte: »Frau Roswitha, haben Sie vielen Dank. Ich fühle mich jetzt ruhiger.«

»Sie können diese Übung jederzeit bei sich zu Hause in Ihrem Zimmer machen.«

»Nein, das brauche ich gar nicht zu probieren. Es funktioniert nicht, wenn ich es selbst versuche. Machen wir das einfach nächstes Mal wieder hier, ja?«

»Gut, das machen wir. Versuchen Sie bitte, das nächste Mal pünktlich zu kommen.«

»Ich werde es versuchen«, sagte Frau Magomadowa und lächelte entschuldigend.

»Der nächste Termin ist also in einer Woche, am Montag, um zehn Uhr. Soll ich Ihnen einen Zettel schreiben?«

»Nein, ich merke es mir.«

»Brauchen Sie einen Fahrschein?«

»Ja, bitte.«

»Gut, dann kommen Sie mit«, sagte Roswitha, stand auf und lotste die Klientin zum Bürotisch, wo in der Schublade ein dicker Packen Fahrscheine lag.

Nora war sitzen geblieben. Für die Verabschiedung brauchten die beiden sie nicht unbedingt. Einigermaßen entspannt, aber auch erschöpft starrte sie wieder auf ihre Füße. Am liebsten hätte sie sich jetzt auf die gelbe Couch in der Ecke gelegt.

»Do sswidanija, Norotschka, spassibo«, rief Frau Magomadowa ihr vom Büro aus zu, und Nora winkte müde zurück.

Frau Magomadowa gab Roswitha zum Abschied die Hand, ein fester, kraftvoller Händedruck, so wie sie es mochte. Nichts erschien ihr weniger vertrauenserweckend als ein Mensch, dessen Hand sich beim Begrüßungsritual wie ein nasser Putzfetzen anfühlte, oder wie ein *warjonnyj sajez*, ein gekochter Hase. Beim Hinausgehen nickte sie dem hageren jungen Mann, der am Gang auf der Couch saß, zu.

Während Fatima Magomadowa vor dem Lift stand, versuchte sie, ihre Atmung zu spüren, den Kontakt ihrer Füße mit dem Boden und all das, was Frau Roswitha ihr zuvor durch Noras Mund mitgeteilt hatte, aber es funktionierte nicht mehr. Wie eine Beschwörungsformel, die nur an einem bestimmten Ort ihre Wirksamkeit entfaltete. Fatima wusste Roswithas Hilfsbereitschaft zu schätzen, aber zugleich hatte sie den Eindruck, Roswitha zu überfordern, wenn sie ihr offen von den Gedanken und Erinnerungen erzählte, die sie plagten. Einige Wochen zuvor war sie so weit gewesen zu erzählen, wie maskierte Soldaten vor ihren Augen ihren Mann ermordet hatten. In jener Nacht war Mustafa im Nebenzimmer gewesen, und Fatima konnte bis heute nicht mit Sicherheit sagen, ob der damals fünfjährige Mustafa nur die Schläge und Schreie gehört oder womöglich alles mitangesehen hatte. Als die Männer endlich abgezogen und nach und nach die Nachbarn eingetroffen waren, hatte sie Mustafa unter seinem Bett gefunden. Sein Blick war starr gewesen, sein rundes Kindergesicht zu einer undurchdringlichen Maske versteinert.

Sie hatten nie darüber gesprochen, Mustafa hatte nie nach seinem Vater gefragt, und geweint hatte er auch nur dann, wenn er sich unbeobachtet glaubte. Manchmal weinte er im Schlaf. Dann legte sie ihre Arme um ihn und flüsterte ihm zu, dass es nur ein schlimmer Traum war, dass seine Mama da sei, dass alles gut sei. Es war leichter, so zu tun, als hätte das Kind nur schlecht geträumt, den bösen Wolf aus dem Märchen, als würde es im Leben bei Tageslicht besehen gerechter, leichter oder besser zugehen als in einem Alptraum.

Fatima selbst war damals erstarrt gewesen, überwältigt von Schmerz und Fassungslosigkeit. Ein offenes Gespräch mit Mustafa über das, was mit seinem Vater passiert war, schob sie hinaus, Woche um Woche, Monat um Monat, Jahr um Jahr. Sie hoffte, die Verwandten oder Nachbarn hätten den Buben darüber aufgeklärt, oder er hätte es in groben Zügen selbst begriffen. Richtig begreifen konnte man es ohnehin nicht, auch nicht nach vielen Jahren. Da gab es nichts zu begreifen. Ein sinnloser Tod, einer von unzählig vielen, und eine sinnlose Demütigung, ebenfalls eine von vielen.

Einmal hatte Fatima zufällig mitangehört, wie der inzwischen achtjährige Mustafa einem Mitschüler, mit dem er sich den Schulweg teilte – sofern der provisorische Unterricht in einem kahlen, fast unmöblierten Raum überhaupt den Namen Schule verdiente – wichtigtuerisch erzählt hatte, dass sein Vater in Europa war und ihn bald holen würde. Fatima hatte einen Schreckensschrei unterdrücken müssen. Was wusste Mustafa wirklich? Welche kursierenden Geschichten hatte er da aufgeschnappt und für sich zu einer Lüge zusammengereimt? Glaubte er seine Lügengeschichte oder erzählte er sie nur, um sich wichtig zu machen? Kleine Buben mussten sich wichtig machen, Fatima verstand das. Aber welche Erinnerungen hatte

Mustafa wirklich an seinen Vater? Hatte er seine letzten Minuten mitangesehen? Und das, was die Maskierten ihr angetan hatten? Würde er eines Tages, auch so wie sie jetzt, mit einem Psychotherapeuten darüber sprechen müssen? Würde er Worte dafür finden können? Und in welcher Sprache? Fatima verscheuchte gewaltsam die Gedanken an mögliche Fragen, die Mustafa ihr eines Tages stellen könnte.

Sie drückte mehrmals auf den Knopf. Der Lift war noch immer nicht da. Sie hatte keine Geduld zu warten und nahm die Treppe.

In den letzten Therapiestunden hatte sie sich dabei ertappt, dass sie Roswitha mit harmlosen Geschichten abspeiste, um nicht an dem rühren zu müssen, was ihr wirklich den Schlaf raubte. Zudem hatte sie den Eindruck, dass Roswitha ebenfalls einen Bogen um die wirklich schlimmen Themen machte. Vielleicht war es im Moment auch gut so. Die Entspannungsübungen kamen ihr gerade recht. So konnte sie zumindest für einige Minuten wieder eine Leichtigkeit spüren, die ihr schon lange abhandengekommen war. Fatima wusste nicht mehr, wie es sich anfühlte, keine Kopfschmerzen zu haben und nicht am Rande der Erschöpfung entlangzulavieren. Wann hatte sie sich das letzte Mal unbeschwert gefühlt, wann eine Nacht durchgeschlafen? Sie hatte keine Kraft, sich zu erinnern. Allein die Gegenwart verlangte ihr mehr ab als alles, was sie hatte. Aber früher war da doch etwas gewesen, worauf man sich gefreut hatte, die Sommer am Schwarzen Meer, die Hochzeitsfeste, das Herumgeblödele mit den Cousinen. Wo war die Zeit geblieben?

Der Streit im Heim war eine solche harmlose Geschichte gewesen, die man Roswitha auftischen konnte und die man, so dachte Fatima manchmal, geradezu heraufbeschwor, um sie zu erleben und anschließend gefahrlos in einer Therapiestunde erzählen zu können. Die Auseinandersetzung hatte Fatima zwar tatsächlich ein oder zwei Tage zugesetzt, aber das, was sie wirklich beschäftigte, war die Frage, wie es mit ihr und Mustafa weitergehen sollte. Was, wenn sie wieder einen negativen Bescheid erhielten? Würden sie noch einmal eine Berufung schreiben dürfen? Der brünette, schmächtige Rechtsberater bei der Caritas hatte beim letzten Gespräch keinen optimistischen Eindruck gemacht. Mustafa war inzwischen fast ein junger Mann, er brauchte so etwas wie einen Onkel, einen integren erwachsenen Mann, der ihn beraten könnte. Ihre eigenen Ratschläge prallten an ihm ab.

In Gedanken versunken stolperte Fatima fast über einen kleinen Jungen, der auf der Treppe kauerte. Die lachende Fratze von Micky Maus auf seinen Socken betonte den ernsten Gesichtsausdruck des Kleinen.

»Jusuf, was machst du denn schon wieder hier, so ganz allein? Wo sind deine Schuhe? Und wo ist dein Papa?«, fragte Fatima auf Tschetschenisch.

Fatima kannte den Vater flüchtig, er war der Bruder eines Bekannten. Die Frau des gemeinsamen Bekannten hatte mehrmals versucht, sie mit Jusufs Vater, einem »Witwer im besten Alter«, zu verkuppeln, aber Fatima hatte kein Interesse gezeigt. Sie war selbst Witwe und wollte es auch bleiben. Einen weiteren Ehemann zu haben und zu verlieren, wenn auch unter weniger drastischen Umständen, das würde sie ein zweites Mal nicht verkraften. Den kleinen Jusuf fand sie rührend. Er streunte oft alleine im Stiegenhaus herum.

»Beim Arzt«, antwortete der Kleine.

»Und deine Schwester?«

»Hat einen Termin«, sagte Jusuf und schaute ihr direkt ins Gesicht.

»Was für einen Termin?«

Jusuf zuckte mit den Schultern. »Einen Termin«, wiederholte er das Wort, als ließe sich damit alles erklären.

»Du hast doch gar keine Ahnung, was ein Termin ist ...«, sagte Fatima lachend und strich dem Kleinen über den Kopf. So alt wie dieser kleine Zwerg da war ihr Mustafa gewesen, als ---

»Komm, steh auf. Ich bring dich zurück ins Zimmer«, sagte sie und packte ihn fest an der Hand. Der Kleine ließ sich ohne Widerstand fortführen. Fatima spürte einen Stich in der Brust. Jeder könnte daherkommen und ihn wegbringen. Es wimmelte überall vor Verrückten. Nicht auszudenken, was alles passieren könnte.

Das Zimmer war spärlich eingerichtet, nicht ungemütlich, aber viel zu klein für drei Personen. Fatima dachte an Jusufs Schwester, die schöne rothaarige Hawa. Wie lange würde sie noch mit Bruder und Vater in einem Zimmer wohnen können? Bald würde sie eine junge Frau sein und einen eigenen Raum brauchen.

»Da, hier hast du deine Spielsachen. Spiel doch was.«

Jusuf setzte sich gehorsam in seine Spielecke und nahm lustlos einen Bagger aus Plastik in die Hand.

»Na, komm schon. Jusuf, also, was ist das?«

»Ein Bagger.«

»Und was macht ein Bagger?«

»Der gräbt.«

»Ja, und dann? Was passiert dann?«

Jusuf zuckte ratlos mit den Schultern.

»Dann bauen die Arbeiter ein Haus. Schau, so eins«, sagte Fatima und nahm ein Legohaus in die Hand.

»Die fleißigen Bauarbeiter nehmen dann diesen Bagger, schau, so, und dann bauen sie ein schönes, großes Haus, und dann kannst du dort mit Papa und Hawa leben, und dann hat Hawa ein eigenes Zimmer, und du kriegst auch ein Zimmer, sogar mit einem Balkon, und draußen gibt es einen Garten, und dort kannst du Fahrrad fahren«, steigerte sich Fatima in ihre eigene Erzählung hinein, während Jusuf ihr mit offenem Mund aufmerksam zuhörte.

»Aber ich kann doch gar nicht Fahrrad fahren.«

Als Fatima aufblickte, sah sie, dass Hawa im Türrahmen stand und sie unverwandt anblickte. Hawa hatte keine Ähnlichkeit mit ihrem Bruder, der eigentlich ihr Halbbruder war. Sie hatte große blaue Augen und war ihrer russischen Mutter wie aus dem Gesicht geschnitten. Zumindest hatten das die Verwandten väterlicherseits immer zu ihr gesagt, und es klang nicht wie ein Kompliment.

»Da bist du ja, Hawuschka. Jusuf sagt, du hattest einen Termin?«

»Jusuf redet Blödsinn, wie immer. Ich war nur unten bei der Sozialka und habe sie gefragt, ob wir in ein größeres Zimmer ziehen können. Das große Eckzimmer wird frei, die Familie hat Positiv bekommen, sie ziehen in eine Wohnung um.«

»Und? Was hat sie gesagt?«

»Sie setzt uns auf die Warteliste, hat sie gesagt.«

»Viel Glück wünsche ich euch. Ich muss jetzt gehen.«

»Möchtest du einen Tee, Tante Fatima?«

Fatima lächelte. Die Anrede rührte sie. Für Hawuschka wäre sie gerne eine Tante gewesen. Sie hatte sich immer ein Mädchen gewünscht, aber Gott hatte ihr nur Mustafa geschenkt.

»Nein, Hawuschka, danke, aber ich muss jetzt leider gehen. Mustafa kommt bald aus der Schule, ich muss kochen. Richte deinem Vater Grüße von mir aus. Und pass auf den kleinen Ausreißer hier auf. Ich habe ihn im Stiegenhaus aufgeklaubt ...«

»Jusuf, ich hab dir doch gesagt, du sollst im Zimmer bleiben! Nächstes Mal sperre ich dich ein!«, sagte Hawa streng zu Jusuf, der in seiner Spielecke saß und mit dem Bagger auf das Plastikhaus einschlug.

»Und hör auf mit dem Lärm. Du machst mich noch wahnsinnig.«

»Hawuschka, hör mal«, sagte Fatima leise und nahm Hawa beiseite. »Sei nicht so streng mit ihm. Er hat ja keine Mama.«

»Na und? Ich habe auch keine Mama gehabt, als ich so alt war wie er«, sagte Hawa in einem überraschend harten Tonfall und schaute Fatima herausfordernd an.

Fatima hätte sich auf die Zunge beißen mögen. Unter den Flüchtlingen kursierten Gerüchte über diese Familie, so wie über jede andere Familie auch, und obwohl Fatima sich Mühe gab, wegzuhören, wenn über andere getratscht wurde, wusste sie doch so einiges, was sie eigentlich gar nicht wissen wollte. Ja, da war irgendeine komplizierte Geschichte mit einer ersten Ehefrau gewesen, einer Russin, die aber aus irgendeinem Grund verschwunden war und das Baby bei der Familie des Vaters zurückgelassen hatte oder zurücklassen musste, und dann gab es später die zweite Ehefrau, eine Tschetschenin, die dann wohl irgendwann gestorben ist.

»Ja, ich weiß. Das war bestimmt nicht leicht«, sagte Fatima vorsichtig und gab sich Mühe, einen versöhnlichen Tonfall anzuschlagen. »Aber sieh mal, für ihn bist du so etwas wie eine Mama. Die einzige, die er hat. Sei lieb zu ihm. Er kann ja nichts dafür.«

»Wofür?«, fragte Hawa unwirsch.

»Na, für das alles …«, antwortete Fatima unbestimmt und machte eine vage ausladende Bewegung mit der Hand. »Spiel mit ihm. Ich habe gesehen, ihr habt Buntstifte und einen Block, sag ihm zum Beispiel, er soll für dich ein Haus zeichnen. Und ein Fahrrad. Bring ihm die Buchstaben bei, bald kommt er in die Schule. Frag doch mal unten im Büro, ob sie Kinderbücher haben. Lies ihm etwas vor. Das wird dich auch auf andere Gedanken bringen. Oder frag, ob sie Bücher für dich haben, Jugendbücher. Die kannst du ihm auch vorlesen, er merkt ja sowieso keinen Unterschied.«

Hawa lachte kurz und sagte: »Gut, Tante Fatima, das mache ich.«

Fatima gab dem Impuls nach, Hawa zu umarmen. Ihre Schulterblätter stachen heraus, die Knochen fühlten sich spitz an. Nach ein paar Sekunden ließ Fatima den schmalen, verkrampften Oberkörper los.

»Tüchtiges Mädchen! Also dann, mach's gut, und vergiss nicht, meine Grüße auszurichten. Und pass gut auf dich und Jusuf auf, ja?«

Fatima verließ das Zimmer und lief schnell die restlichen Treppen hinunter. Sie musste sich beeilen. Mustafa würde bald von der Schule heimkommen.

- pausieren -

Nora lümmelte auf dem Sessel und rieb sich die Schläfen. Ein wohliger Wattenebel hatte sich in ihrem Kopf ausgebreitet und ihre Gehirnwindungen bis in die entlegensten Winkel mit Behaglichkeit gefüllt. Jetzt noch ein Nickerchen, und ihr Glück wäre vollkommen. Früher hatte sie die Pausen zwischen den Therapiestunden zum Lesen genutzt, gierig darauf bedacht, in der kurzen Zeit so viel Text wie möglich aufzunehmen, aber jetzt hielt sie ihre Augen geschlossen und hing ihren trägen Gedanken nach. Diese Geschichte mit Frau Magomadowa, wie würde sie weitergehen? Was dachte wohl die Afrikanerin über die Tschetschenin? Der Schwan am See, das war ein schönes Bild. Schwäne, diese seltsamen Tiere, in der Ferne so anmutig und ruhig, und aus der Nähe eher unsympathisch und aggressiv. Sie würde Olga fragen, ob sie im Sommer nach Wien kommen mag. Oder selbst nach Petersburg fahren, weiße Nächte, die Öffnung der Brücken gegen Mitternacht anschauen, warum eigentlich nicht? Alle Orte noch einmal abklappern, die Bars, die Buchhandlungen, die Parks. Über die Feuerleiter auf ein Hausdach klettern, die Aussicht genießen und einen Joint rauchen ... Aber was ist mit dem Visum, das heißt ja dann wieder Konsulat und lange anstellen und Formulare ausfüllen ... na, dann lieber nicht. Aber dann hat Olga die Scherereien mit dem EU-Visum.

Nora öffnete langsam die Augen und ließ ihren Blick langsam über die Wand gleiten, zum Fenster und zu der verkümmerten Büropflanze. Pflanzen gießen nicht vergessen war das Letzte, was sie dachte, bevor Roswithas Stimme sie hochschrecken ließ:

»Bist du bereit? Herr Basajew ist schon da.«

Nora stützte sich kraftlos an den Armlehnen ab und stand auf. »Moment bitte, ich muss noch aufs Klo.« Das stimmte nicht, aber sie brauchte eine Pause, und es klang besser als »Ich muss noch eine rauchen.«

Statt in die Toilette ging sie in der Teeküche und nahm ein paar hastige Züge, eher aus Gewohnheit als aus echtem Verlangen, denn sie war ausnahmsweise so entspannt, dass ihr nicht einmal nach Rauchen zumute war, und auch nicht nach Kaffee. Also drückte sie die angerauchte Zigarette aus und schlurfte in den Therapieraum zurück, vorbei am Herrn Basajew, der im Gang Platz genommen hatte. Sie nickte ihm kurz zu, bat ihn aber noch nicht herein, denn – auch das hatte man ihr eingeschärft – es fiel nicht in die Zuständigkeit der Dolmetscherin, den Klienten hereinzubitten.

- *weitermachen* -

Nora beeilte sich, ihr Lederetui aus der Handtasche herauszukramen. Das dunkelrote Lederetui war ein Geschenk von Olga und enthielt außer Tampons, Labello und einer Pinzette für Augenbrauen auch einen falschen Ehering, den Nora bei einigen Klienten trug, um sich die leidige Frage nach ihrem Familienstand zu ersparen. Der Ehering – ein schlichter Ring aus Rotgold – war eine Leihgabe von Roswitha. Es war der Ring, den ihr Ex-Mann ihr vor gut fünfzehn Jahren im Standesamt Wien Hietzing an den Finger gesteckt und den sie ihm neun Jahre später nach ihrem letzten und endgültigen Streit nachgeworfen hatte. Schon beim Beratungsgespräch mit der hölzern wirkenden Standesbeamtin hatte sie gespürt, dass der Zauber des Ringes nicht wirken würde, jedenfalls nicht ewig, nicht bis dass der Tod euch scheidet, es sei denn, einer von ihnen würde sehr bald das Zeitliche segnen, noch bevor Roberts Zyklus eine neue Runde drehen würde: allmählicher Rückzug, radikale Abschottung, Kontaktabbruch, dann wieder Annäherung, liebevolle Stabilität eine Zeit lang, und dann war es nur noch eine Frage der Zeit, bis sich die nächste Runde ankündigte. Roswithas astrologieaffine Freundin Sandra führte diese Zyklen auf Roberts Aszendenten zurück, Fische tauchten bekanntlich gerne ab, und sie, Roswitha, müsste laut Sandra einfach etwas mehr Vertrauen in die Zukunft und in das Leben haben, ihr Fisch würde gewiss wieder auftauchen, und nicht nur das, womöglich tauchte er ja nur ab, um wieder auftauchen und zu ihr zurückkehren zu können. Alle anderen Freundinnen hielten Robert schlicht für ein Arschloch, süchtig nach Bestätigung seines Egos durch wiederkehrende Eroberungszüge, und rieten Roswitha dringend, nicht länger mitzuspielen, sondern ihre Haut zu retten, denn, so der Freundinnentenor, »er wird es ganz bestimmt wieder tun.« Das tat er dann auch, Ehering hin oder her. An jenem Tag hatte Robert gerade noch die Tür hinter sich zuknallen können, sodass der Ring abgeprallt und klirrend zu Boden gefallen war, um anschließend einige sinnlose Runden auf den beigefarbenen Fliesen zu drehen und schließlich, immer langsamer werdend, neben ihren Tangoschuhen liegen zu bleiben. Dort lag er dann eine ganze Woche lang, bevor Roswitha sich aufraffte, ihn an den Nagel mit dem Schlüsselbund zu hängen, einfach so, aus einer spontanen Eingebung heraus. Dem allerersten Impuls, den Ring in die Kloschüssel zu werfen und die Spülung zu betätigen, hatte sie widerstehen können. Jahrelang wusste sie nicht, wie sie mit diesem Ehering, der seine Symbolkraft eingebüßt hatte, verfahren sollte, und ließ ihn am Nagel hängen. Was machten wohl andere Menschen mit ihren abgelaufenen Eheringen? Roswitha hätte das nur zu gerne gewusst, aber im entscheidenden Augenblick hatte sie sich die Frage verkniffen. Sollte doch jeder mit seinem Ring machen, was er wollte, sie, Roswitha, hatte den Ihren an den Nagel gehängt, metaphorisch wie konkret. Irgendwann kam ihr die Idee, den Ring als Attrappe einzusetzen, denn in ihrem Eheleben war der Ring schließlich auch nichts anderes als eine Attrappe gewesen. Im Nachhinein konnte sie selbst nicht begreifen, warum sie seinerzeit der Legende des Eherings erlegen war. Wie hatte sie sich bloß derart einlullen lassen können? Warum hatte sie nach außen hin so getan, als würde sie ernsthaft glauben, dass ein schlichter Ring, ein weißes Brautkleid, die Standesbeamtin, die Trauzeugen und die überraschend zahlreich erschienenen Hochzeitsgäste irgendetwas daran ändern würden, dass Robert nun einmal einer war, der kam und ging, wie es ihm passte, weil er nicht anders konnte, und dass sie, Roswitha, niemals einen Weg finden würde, damit umzugehen?

Nora hatte Roswithas Vorschlag, bei manchen männlichen Klienten einen Ehering zu tragen, zunächst als einen absurden Scherz abgetan. Aber schon bald hatte sie es satt, die Dialoge zu bestreiten, die sich nach einem ähnlichen Muster abspielten:

»*Dewuschka*, sind Sie verheiratet?«

»Njet.«

»Warum nicht?«

»Naja, ich bin es einfach nicht.«

Dann gingen die Leute zum vertraulichen Du über:

»Hast du einen Freund?«

»Njet.«

»Warum nicht?«

Zum Glück wartete der Fragende die Antwort gar nicht erst ab, denn Nora hätte nicht gewusst, wie sie das sichtliche Fehlen eines Mannes an ihrer Seite erklären sollte, sondern legte einfach nach: »So ein nettes Mädchen und keinen Mann! Eine Schande! Ja, wo gibt es denn so etwas? Sind die Männer um dich herum denn blind? Was fehlt dir denn? Norotschka, du darfst die Hoffnung nicht aufgeben, Gott wird dir schon noch den Richtigen schicken, *Bog dast*, alles wird gut. Nur nicht die Hoffnung aufgeben, Gott wird dich nicht vergessen.«

Der eine oder andere junge ledige Mann, der fragte, bot sich dann auch meist selbst an, dieser »Richtige« zu sein, indem er nach der Stunde noch schnell nach Noras Telefonnummer fragte. Roswitha hatte ihr eingeschärft, ihre Privatnummer unter keinen Umständen herauszurücken und sich notfalls auf ihren Arbeitsvertrag zu berufen. Seit Nora den falschen Ehering trug, war ihr die Frage nach ihrem Familienstand nicht mehr gestellt worden. Der Trick war also ebenso plump wie wirksam. Nora fand den Gedanken amüsant, dass diese Ringattrappe, die so etwas wie das Accessoire einer inexistenten Arbeitsuniform war, der einzige Ehering sein könnte, den sie jemals getragen haben würde. Nora streifte sich den Ring über und stellte sich neben den Sessel, der vermutlich ihr Sitzplatz sein würde, aber sie nahm noch nicht Platz, denn auch das hatte man ihr erklärt: Der Klient suchte sich seinen Platz jede Stunde von Neuem aus. Die meisten blieben bei ihrer ersten Wahl, aber davon durfte man nicht ausgehen. »Den Automatismus aufbrechen«, wie Roswitha sagte.

Herr Basajew betrat den Raum, nickte Nora kurz zu und setzte sich an seinen gewohnten Platz, auf die Couch. Breitbeinig nahm er seinen Raum ein und blickte die beiden Frauen an, ruhig und erwartungslos. Seine großgewachsene und schlaksige Gestalt strahlte etwas aus, das man nicht anders als stoische Ruhe bezeichnen konnte. Dass es unter dieser Oberfläche ordentlich brodelte, hatte Nora im Laufe der letzten Stunden schon gemerkt, sowie sie überhaupt im Leben wie auch insbesondere in der Psychotherapie nicht umhinkonnte, die Schlussfolgerung zu ziehen, dass nichts und niemand so war, wie es auf den ersten Blick schien.

Herr Basajew glich äußerlich nicht dem stereotypen Bild eines Kaukasus-Bewohners. Er hatte große blaue Augen, rötlich-blondes Haar und langgestreckte Glieder. Man hätte ihn für einen Profibasketballer halten können. Schon zu Beginn seiner Therapie hatte er von selbst sein auffälliges Aussehen thematisiert: »Die Polizisten hier glauben mir nicht, dass ich Tschetschene bin, und deshalb zweifeln sie immer wieder meine Asylgründe an. Die glauben, alle vom Kaukasus sind klein, schwarzhaarig und dunkeläugig. Am besten noch eine zusammengewachsene Augenbraue dazu. Aber der Kaukasus ist das, was man einen Schmelztiegel nennt, es gibt da unzählige Sprachen und Dialekte und Völker und Volksgruppen. Es gibt sogar rothaarige Tschetschenen, die wie Iren oder Schotten aussehen. Ich bin ein waschechter Tschetschene, aber natürlich kann ich nicht genau wissen, welches Blut wirklich in meinen Adern fließt, russisches, ukrainisches ... Kein Mensch kann das wissen.«

Ruslan Basajew hatte ein paar Semester lang in Moskau Wirtschaft studiert, mit Schwerpunkt Marketing. Nora führt sein selbstbewusstes Auftreten mit einem Hauch von Theatralik darauf zurück. Mit einer solchen Interpretation war Roswitha nicht einverstanden: »So ein Studium hat doch keinen entscheidenden Einfluss. Die Gründe sind in frühkindlichen Erfahrungen zu suchen.« Was Ruslan im frühkindlichen Alter zugestoßen war, konnte Nora nicht wissen, und auch Ruslan selbst hätte wohl kaum darüber Auskunft geben können. Nora wusste nur so viel, dass Ruslan das zweitälteste von vier Kindern einer wohlhabenden Familie in Grosny war, zwei Brüder und zwei Schwestern. Mutter Zahnärztin, Vater Universitätsdozent für Wirtschaft. Das Wirtschaftsstudium war ihm quasi in die Wiege gelegt worden, er hatte gar keine Wahl und auch keine Lust, sich eigene Gedanken über seine berufliche Zukunft zu machen. Papi würde es schon richten, sowohl den Studienplatz als auch die Noten. Alles kam dann anders, als Ruslans Vater an einem Herzinfarkt starb. Ruslan war damals zweiundzwanzig. Plötzlich stand er ohne die schützende Hand seines Vaters da, und die Familie erwartete, dass er sein Studium rasch zu Ende bringen und allmählich die Rolle des Familienoberhauptes übernehmen würde. Dazu war Ruslan weder fähig noch willens. Verwickelt in kleinkriminelle Machenschaften, sowohl in Moskau als auch in Grosny, machte er mit seinen Kumpels großes

Geld mit dem illegalen Verkauf von Erdöl und erzielte beachtliche Einkünfte auch aus anderen Kanälen, von denen an der Universität nie die Rede war, obwohl sie ein beträchtliches Segment der Volkswirtschaft ausmachten: Prostitution, Handel mit Faustfeuerwaffen, Erpressung und Ähnliches. Ruslan genoss es nicht unbedingt, anderen Menschen Schrecken einzujagen oder Schmerzen zuzufügen, aber er fand es auch nicht unerträglich. Es war so ähnlich wie damals, als er als Kind mit den anderen Jungen aus seiner Straße Katzen gequält, Insektenbeinchen ausgerissen oder kleine Mädchen an den Zöpfen gezogen hatte: Nie war es seine Idee, er zettelte solche Aktionen nicht an, hatte auch keinen besonders großen Spaß daran, aber er wollte nicht negativ auffallen. So machte er einfach mit und achtete darauf, mit dem geringstmöglichen Einsatz gerade noch dabei zu bleiben und nicht aus dem Spiel zu fliegen. Irgendwann im zweiten Semester hatte er in der Vorlesung eines philosophisch angehauchten Professors für ökonomische Theorie, einem der wenigen, bei denen Ruslan sowohl physisch als auch geistig anwesend war, bei einem Satz aufgehorcht und musste dabei an seine eigenen kleinen Grausamkeiten mit den Gleichaltrigen denken. Ruslan konnte nachher nicht mehr rekonstruieren, was genau den Professor dazu angeregt hatte, seinen Gedanken freien Lauf zu lassen, jedenfalls hatte er in etwa Folgendes gesagt: »Das Böse ist nicht etwas, das nur in bestimmten bösen Menschen schlummert. Das Böse ist vielmehr eine Konstellation. Es ist ein System oder eine bestimmte Lage, die aus allen Beteiligten das Schlimmste herausholt.« Später, als er drei Wochen lang in einem berüchtigten Folterkeller in der Nähe von Grosny eingesperrt war, erinnerte sich Ruslan noch oft an diesen Gedanken, auch dann, als einer der Wächter ihm bei seiner Entlassung heimlich eine Zigarette zugesteckt hatte. Was hatte den Wächter, der ein

Zahnrädchen in der Maschinerie des Bösen war, dazu veranlasst, einem abgemagerten Häftling, der hartnäckig zu Boden blickte, eine selbstgedrehte Zigarette in die herabhängende Hand zu stecken? Das hätte Ruslan zu gern gewusst. In der Situation selbst hatte er sich diese Frage nicht gestellt, er hatte lediglich dafür gesorgt, dass die Zigarette, das Wertvollste, was das Leben in diesem Moment für ihn hergab, nicht durch seine zitternden Finger rutschte. Er hatte die Zigarette an der Bushaltestelle geraucht, und hätte man ihm jemals die Frage gestellt, welche die beste Zigarette seines Lebens war, dann hätte er gesagt, diese eine Zigarette an der dreckigen Landstraße, keine Zigarette hat vorher oder nachher so geschmeckt wie diese.

Erst viel später fiel ihm ein, dass diese Abschiedszigarette womöglich kein Zufall und kein Geschenk war, sondern eine Standardprozedur. Vielleicht erhielt ja jeder entlassene Gefangene so ein Andenken, vielleicht gehörte das einfach dazu, als eine letzte sinnlose Machtausübung, ein bösartiges Souvenir, getarnt als Geschenk. Ruslan hatte es nie gewagt, andere Männer, von denen er wusste, dass sie etwas Ähnliches durchgemacht hatten wie er, danach zu fragen. Wie hätte eine solche Frage denn auch geklungen: »Sag, haben sie dir am Ausgang auch eine Zigarette in die Hand gedrückt? Hast du sie angenommen? Hast du sie geraucht? Wann, wo?« Nein, mit den anderen Männern sprach er über diese Dinge nicht, und das war gut so. Man verstand einander auch so, ohne Worte. Viele seiner ehemaligen Schulfreunde hatten diesen gewissen Blick, der dafür sorgte, dass man einander keine weiteren Fragen stellte, sondern auf andere Themen auswich. Eventuell fragte man: »Wie lang?«, dann kam die Anzahl der Tage oder Wochen als Antwort, was nicht viel aussagte, denn war man erst mal drinnen, spielte Zeit ohnehin keine Rolle mehr. Tag oder Nacht, Wochentag oder Sonntag – es war vollkommen einerlei. Eine Kette von Zuständen, die sich abwechselten und übereinanderlegten, sodass man nicht mehr wusste, was woraus hervorging, der leere Magen, die Schmerzen, die kurzen Anflüge von Schlaf, die dumpfe Leere im Kopf, hier und da ein ausgesprochener Satz, ein bekanntes Gesicht, dann wieder ein unbekanntes, eine Glühbirne, ein Schlag, Elektroschocks, alles war gleichzeitig da und streckte sich ewig in Zeit und Raum aus, ohne Anfang und Ende.

Zur Psychotherapie war er gekommen, weil er von mehreren Asylwerbern gehört hatte, dass der Befund einer Psychotherapeutin vor der Asylbehörde wahre Wunder bewirken könnte. In seiner zehnten Therapiestunde hatte Ruslan gedacht, wenn er schon da war, dann könnte er wenigstens den Versuch machen, Worte für seine Erinnerungen an die drei Wochen im Gefängnis zu finden, denn angeblich sollte das helfen, ihn von seinen Alpträumen zu befreien, einfach irgendwelche Worte und Sätze herausbringen, die er zuerst der jüngeren Frau anvertrauen würde, und dann würde er sich zurücklehnen und zuschauen, wie seine Worte aus ihrem Mund herauskamen und sich in etwas verwandelten, das er nicht mehr verstand, und es fesselte ihn, die Psychotherapeutin dabei zu beobachten, wie sie ihre Notizen machte, die ja nichts anderes waren als die Übertragung seiner eigenen Worte in eine schriftliche Form, und trotzdem hatte der Zettel mit den Kritzeleien irgendwie nichts mehr mit ihm zu tun. Der Versuch, vom Gefängnisaufenthalt zu erzählen, ging daneben, auch wenn er womöglich der einzige im Raum war, dem das auffiel. Beim Erzählen ertappte er sich dabei, dass er einige Dinge übertrieb, und auf einmal waren es sieben Wochen, die er seinen Mund sagen hörte, statt den wahrheitsgemäßen drei, so als würden drei Wochen nicht ausreichen, um das zu erleben, was er erlebt hatte, als wäre er als Opfer nicht überzeugend genug mit seinen nur drei Wochen. Die beiden Frauen hatten glatte, reglose Minen aufgesetzt, wobei die jüngere, Erstverstehende, seinem Blick auszuweichen schien, während die andere, Zweitverstehende, ihn mit ihren großen, hellblauen Augen fixierte. Als er im Laufe der Stunde dann doch wieder von drei Wochen im Gefängnis sprach, kam er sich vor wie ein Lügner, was er in dem Fall ja genau genommen auch war. Der Referent bei der Asylbehörde hätte an dieser Stelle sofort nachgehakt und triumphierend gesagt: »Zuerst waren es sieben Wochen, und jetzt sind es nur drei, also was jetzt, Herr Basajew, sieben oder drei, entscheiden Sie sich, damit ich das hier eintragen kann und damit wir alle miteinander schneller nach Hause gehen können.« Nicht so die beiden Frauen, sie ließen sich nichts anmerken. Als er nach der Stunde nach Hause gekommen war, fragte seine Frau sofort, was mit ihm los war, er sah so blass aus, aber statt einer Antwort hatte er einfach sein Gesicht in die wuscheligen Haare ihres gemeinsamen dreijährigen Sohnes vergraben und etwas Unverständliches gemurmelt. Nach dieser einen Stunde mied er das Thema Gefängnisaufenthalt und beschränkte sich auf andere Erzählungen aus seinem Leben, die Kindheit, die Zeit in Moskau, die Geschwister. Ruslan hatte eine ältere Schwester, eine jüngere Schwester und einen jüngeren Bruder. Die Geschwister wussten nicht wirklich, womit Ruslan sein Geld verdiente, aber sie ahnten, dass die teuren Geschenke, die er seinen Neffen und Nichten mit einem enthusiastischen Goldzahnlächeln überbrachte, nicht mit Papas Taschengeld bezahlt sein konnten. Ruslan hatte einen Goldzahn, es war der fünfte rechts oben, und nur wenn er wirklich von einem Ohr zum anderen lachte, blitzte das Gold auf, zum Entsetzen seiner Mutter, die nicht begreifen konnte, warum ausgerechnet ihr Sohn auf diese überholte Technologie zurückgriff.

Ruslans Goldzahn war pure Selbstironie, der Grundstock zu einem Gangsterlachen, den er sich selbst zu seinem einundzwanzigsten Geburtstag geschenkt hatte, zusammen mit seinem besten Freund Aslanbek, den sie Beck nannten, aber es wäre sinnlos gewesen, seiner Mutter das erklären zu wollen, also hatte er sie mit einer Geschichte abgespeist, von wegen, in Aslanbeks Heimatdorf wäre er gestürzt und hätte sich einen Zahn ausgeschlagen, und der Dorfarzt hätte ihm kurzerhand einen Goldzahn verpasst. Die Mutter glaubte ihm ohnehin nicht, aber wie bei allen seinen Fantasiegeschichten fragte sie nicht nach, weil sie wusste, sie würde besser schlafen, wenn sie die Wahrheit nicht hörte.

Als Ruslan merkte, dass die beiden Frauen ihn erwartungsvoll anschauten, aber keine Anstalten machten, das Gespräch zu beginnen, lachte er sein Goldzahnlächeln und fragte unumwunden: »Wissen Sie noch, was ich Ihnen letztes Mal erzählt habe?«

Roswitha räusperte sich und nahm sich kurz Zeit für ihre Antwort. Herr Basajew war ein komplizierter Fall. Er liebte es, einen mit seinen skurrilen Anekdoten um den Finger zu wickeln, und es war immer unterhaltsam, ihm zuzuhören, aber hinterher wusste sie nicht, was davon in Wirklichkeit passiert und was nur Herrn Basajews blühender Fantasie entsprungen war. Roswitha sah es auch nicht als ihre Aufgabe an, die Wahrheit herauszufinden, aber inzwischen wusste sie nicht einmal mehr, was die subjektive Wahrheit dieses Klienten war. Glaubte er seine Geschichten selbst? Erfand er etwas, um sie zu beeindrucken, oder wollte er mit seinen Geschichten in Wirklichkeit etwas anderes erzählen? Roswitha warf einen kurzen Blick auf ihre Notizen aus der letzten Stunde und sagte:

»Ja, Sie haben letztes Mal von Ihrem Doppelgänger gesprochen.«

- schauen -

Nora musste diesmal nicht lange nach dem richtigen Wort für Doppelgänger suchen: *dwojnjik*. In der letzten Stunde hatte sie zunächst angenommen, dass *dwojnjik* auf Deutsch *Zwilling* bedeutete, wodurch sich eine umständliche Konversation zwischen Herrn Basajew und Roswitha entsponnen hatte, in der sie aneinander vorbeigeredet hatten, er von seinem Doppelgänger, sie von seinem Zwillingsbruder, durch dessen plötzliches Auftauchen sie höchst irritiert war. Erst als Herr Basajew, ein Missverständnis ahnend, ausdrücklich sagte, nicht *blisnjez*, sondern *dwojnjik*, war sich Nora über ihren Irrtum klar geworden. Einen Doppelgänger hatte Herr Basajew also, oder glaubte jedenfalls, einen zu haben. Nora musste unweigerlich an die letzte Episode von »Twin Peaks« denken, die sie sich als Kind mit Max heimlich angeschaut hatte, obwohl die Eltern ihm streng verboten hatten, seine kleine Schwester mit einer solchen Horrorserie zu erschrecken, aber für Max gab es damals nun mal kaum etwas Lustigeres, als Nora in die Falle tappen zu sehen. »Du bist noch zu klein dafür, aber ich lass dich trotzdem mitschauen, aber kein Wort zu den Eltern!«, schärfte er ihr ein, und wenn sie sich dann beim Schauen zitternd die Decke über den Kopf zog, ließ er sie triumphierend wissen: »Ich hab dir doch gesagt, das ist nichts für dich, du bist noch zu klein, und außerdem bist du ein Angsthase.« *The red room* im *Dark Lodge*, wo FBI-Agent Dale Cooper auf den rot gekleideten Zwerg traf, der ihm mit verzerrter Stimme dieses eine Wort entgegenschleuderte, *Doppelgänger*, bevor Laura Palmer auf der Couch einen markerschütternden Schrei von sich gab, mit glasigen Augen und Vampirzähnen: Das war das Letzte, was die kleine Nora noch gesehen hatte, bevor sie sich die Decke über den Kopf zog und selbst in Geschrei ausbrach, zur großen Belustigung ihres Bruders. *Doppelgänger*, damals hatte sie dieses Wort zum ersten Mal gehört. Als Nora in der letzten Stunde klar geworden war, dass Herr Basajew nicht vom Zwillingsbruder, sondern vom Doppelgänger sprach, konnte sie sich kaum mehr konzentrieren, weil sie unablässig die Erinnerung an diese unheimliche letzte Episode von Twin Peaks zurückdrängen musste. Dieser surreale Raum mit den roten Vorhängen und dem schwarz-weißen Parkettboden, wo alle Dämonen aus Dale Coopers Kopf frei umherspazierten und seltsame Dinge von sich gaben, und dann die allerletzte, grauenerregende und unvergessliche Szene, bei der Nora ihren Kopf wieder unter der Decke hervorgezogen hatte, als Dale Cooper am Waschbecken den Inhalt der Zahnpasta ausdrückte, dann in den Spiegel schaute, wie ein Irrer zu lachen anfing, sich den Kopf am Spiegel blutig schlug und, während im Spiegel der Dämon Killer BOB auftauchte, schließlich mit sarkastischer Stimme fragte: »How's Annie? How's Annie? How's Annie?« Nora konnte nichts dagegen tun, dass diese Frage in ihrem Hinterkopf pochte, immer wieder dieses »How's Annie?«, während sie sich bemühte, den Rest ihres Gehirns für das Dolmetschen zu mobilisieren.

»Ja, also mein Doppelgänger. Sie haben mir wahrscheinlich nicht geglaubt«, sagte Ruslan und zeigte wieder sein Goldzahnlächeln. »Jetzt kann ich es aber beweisen«, fügte er triumphierend hinzu und holte sein Telefon heraus.

»Ein Freund hat mir diese Aufnahme geschickt, von einer Hochzeit in Grosny. Sie werden es gleich sehen«, erklärte er, während er sich an seinem Telefon zu schaffen machte.

Nora beugte sich erwartungsvoll vor. Herr Basajew hatte bei der letzten Sitzung erzählt, dass er seit Jahren einen Doppelgänger hatte, denn anders könnte er sich einige Probleme und Konflikte, in die er angeblich ohne sein Zutun geraten war, nicht erklären. Roswitha und Nora hatten nach der Stunde herumgerätselt, was von dieser Geschichte zu halten war. Roswitha war der Meinung, dass Herr Basajew sich durch die Vorstellung, einen Doppelgänger zu haben, von seinen Schuldgefühlen befreien wollte, indem er Taten, zu denen er nicht stehen wollte, einem anderen in die Schuhe schob. Außerdem bediente die Idee eines Doppelgängers seinen Geltungsdrang, denn es gab ja dann zwei von ihm, er war doppelt vorhanden und nahm den doppelten Raum ein. Nora war sich da nicht so sicher gewesen: »Warum eigentlich nicht? Es kann doch tatsächlich sein, dass der eine oder andere Mensch auf dieser Welt einen Doppelgänger hat. Nicht jedes Phänomen muss unbedingt auf psychologische Ursachen zurückzuführen sein, oder?«, hatte sie streitlustig erwidert. Roswitha war Noras aggressive Stimmung nicht entgangen, und sie hatte sich bewusst dafür entschieden, einen Rückzieher zu machen und sich auf keinen unnötigen Streit mit ihrer Dolmetscherin einzulassen: »Ja, mal sehen, ob das Thema in den nächsten Stunden wieder auftaucht.«

Ruslan Basajew zog aus seiner linken Hosentasche sein Handy heraus, öffnete eine Videodatei und legte das Handy auf den Tisch. Drei Köpfe beugten sich über den Bildschirm und schauten gemeinsam die knapp zwei Minuten dauernde Aufnahme von einer tschetschenischen Hochzeit. Zu sehen war eine Hochzeitsgesellschaft, Dutzende Gäste standen im Kreis herum, während in der Mitte ein Mann und eine Frau einen Tanz vollführten.

»Dieser Tanz heißt Lesginka«, sagte Herr Basajew. »Schauen Sie mal, bei uns bewegen sich die Männer beim

Tanzen viel mehr als die Frauen.« Nora und Roswitha nickten. Das in der Mitte des Kreises tanzende Paar bestand aus einem Mann in olivgrüner Soldatenuniform, an deren Gürtel zwei Pistolen hingen, und einer jungen Frau mit rotem Kopftuch und einem bodenlangen schwarz-weißen Kleid. Der Mann hielt seinen Oberkörper ruhig, seine Arme waren ausgebreitet, und mit den Beinen vollführte er zuckende, immer schneller werdende Bewegungen. Die Frau folgte ihm etwas langsamer, ihre Bewegungen waren zurückhaltend und grazil. Der Mann lachte laut, während die Frau mit ausdruckslosem Gesicht und gesenktem Blick ihr Tempo geschickt dem Partner anpasste. Die Hochzeitsgäste klatschten in die Hände, was in Verbindung mit der schnellen und lauten Musik eine tranceartige Atmosphäre erzeugte. Roswitha und Nora sahen gebannt zu. Die Spannung zwischen den beiden so unterschiedlich tanzenden Körpern war förmlich mit den Händen zu greifen. Nora konzentrierte sich auf das Gesicht des Mannes. Die hohe Stirn, die hellen Augen, das hellbraune Haar, das der Tänzer etwas länger trug als der Klient im Therapiezimmer. Als die Aufnahme abrupt zu Ende war, schaute Nora zu Roswitha. Und, war er es? Roswitha erwiderte den Blick ihrer Dolmetscherin, ließ sich ihre Gedanken aber nicht anmerken.

- *reden* -

»Interessantes Video. Danke, dass Sie es mit uns geteilt haben«, sagte Roswitha.

Ruslan schwieg und blickte sie ruhig und herausfordernd an.

»Also, wer ist der Mann in der Aufnahme?«, fragte Roswitha schließlich, als sie das Schweigen nicht länger ertrug. Dabei hatte sie sich fest vorgenommen, Herrn Basajew zuerst sprechen zu lassen.

»Ich sagte es Ihnen doch schon, das ist mein Doppelgänger. Ein guter Tänzer, finden Sie nicht?«, sagte Ruslan.

Roswitha schaute kurz auf ihre Notizen, um Zeit zu gewinnen. Sie hatte schlecht geschlafen, und die Spielchen des Herrn Basajew ermüdeten sie zunehmend. In den Notizen aus der vorletzten Stunde fand sie eine Anmerkung in eckiger Klammer: »Ich: wieder Kopfweh und Müdigkeit bei R.B. Mögliche Reaktion auf seine Halbwahrheiten? In Supervision besprechen!!!« Sie entschied sich für einen Vorstoß.

»Herr Basajew, wer ist der bessere Tänzer, Sie oder der Mann in der Videoaufnahme?«

»Ich natürlich«, lachte Ruslan. »Nein, das war ein Scherz. Ehrlich gesagt meide ich tschetschenische Hochzeiten, man frisst sich voll, die Musik ist laut und grauenhaft, es ist langweilig, und man muss sich den ganzen Tratsch von allen Seiten anhören ... *Sujeta*.«

Nora überlegte kurz. *Sujeta* bedeutete in erster Linie Eitelkeit, aber sie wusste, das Wort hatte auch andere Bedeutungen, Chaos, Intrige, hohles Gerede. Nora hatte eine vage

Ahnung, dass Herr Basajew so etwas wie Jahrmarkt der Eitelkeiten meinte, zögerte aber, diesen Ausdruck zu verwenden, denn Roswitha würde bestimmt ihre nächste Frage von genau diesem Ausdruck ableiten, und Nora mochte sich die daraus entstehenden Missverständnisse gar nicht ausmalen. Kurzerhand ließ sie *Sujeta* weg und hoffte, Herr Basajew würde das Wort nicht wieder verwenden.

»Wären Sie gerne ein guter Tänzer?«, bohrte Roswitha nach.

»Warum fragen Sie mich das?«

»Warum wollen Sie mir nicht antworten?«

»Na gut. Ob ich gerne ein guter Tänzer wäre? Das wäre doch jeder Mensch gern, oder nicht?

»Das weiß ich nicht. Menschen sind verschieden. Ich will nur wissen, wie das bei Ihnen ist.«

Nora spürte die steigende Spannung zwischen den beiden. Sie wusste nicht, worauf Roswitha hinauswollte und ob sie überhaupt etwas Bestimmtes beabsichtigte, hatte aber das Gefühl, dass sie gereizt war und jedes Wort besonders betonte.

»Ich stehe nicht gern im Mittelpunkt.«

»Muss denn ein guter Tänzer unbedingt im Mittelpunkt stehen?«

»Sie haben doch selbst gesehen, wie bei uns getanzt wird. Alle schauen zu und klatschen. Wer sich dazu entschließt zu tanzen, der muss damit rechnen, dass jeder Schritt beobachtet wird.«

»Und das wollen Sie nicht, dass jeder Ihrer Schritte beobachtet wird?«

»Wollen Sie es?«

»Herr Basajew, hier geht es nicht um mich, sondern um Sie.«

»Was wollen Sie von mir?«

»Ich habe Ihnen nur eine Frage gestellt.«

»Wiederholen Sie bitte Ihre Frage. Ich weiß schon gar nicht mehr, was Sie ursprünglich gefragt haben.«

»Ich wollte wissen, ob Sie gerne ein guter Tänzer wären?«

»Nein, das interessiert mich nicht.«

»Haben Sie früher auch auf Hochzeiten getanzt?«

»Ja, schon. Das macht man halt einfach, man weiß gar nicht, wann und wo und wie man es gelernt hat, irgendwann kann man es plötzlich. An meinen ersten Tanz kann ich mich nicht erinnern. Also ja, ich habe früher auch getanzt. Einmal hat mir meine Mutter genau erklärt, worum es bei diesem Tanz geht. Der Mann soll sich wie ein Adler bewegen, deshalb die ausgebreiteten Arme, während die Frau mit ihren Bewegungen einen Schwan darstellt. Als mir das klar wurde, sah ich bei solchen Tänzen immer diese zwei Tiere, einen Adler, der um einen Schwan herumtänzelt. Der Adler plustert sich auf mit seinen ausgebreiteten Flügeln, der Schwan ziert sich schüchtern. Das fand ich dann so unfassbar lächerlich, dass ich mich gar nicht mehr zu diesem Tanz aufraffen konnte«, sagte Ruslan und lachte.

»Sie wollen also kein Adler sein?«

»Ich bitte Sie. Wollen Sie vielleicht ein Schwan sein? Ach ja, fast hätte ich es vergessen, hier geht es ja nicht um Sie, sondern um mich«, sagte Ruslan und machte plötzlich ein ernstes Gesicht. »Warum reden wir überhaupt über den Tanz? Der ist doch nicht wichtig. Es geht hier um meinen Doppelgänger.«

»Herr Basajew, hier geht es um Sie.«

»Damit wollen Sie sagen, Sie glauben mir noch immer nicht? Ich weiß, ich soll Ihnen keine Fragen stellen, aber ich tue es jetzt trotzdem mal. Sagen Sie, wer war denn Ihrer Meinung nach der Mann in der Aufnahme? Etwa ich? Finden Sie nicht, dass der Mann mir zum Verwechseln ähnlich schaut, aber dass es trotzdem nicht ich bin?«

Roswitha schwieg und hielt Ruslans Blick stand.

»Herr Basajew, ich weiß es nicht. Könnte sein, dass es jemand ist, der Ihnen ähnlich sieht. Könnte sein, dass Sie es selbst sind.«

»Und was ist mit der Uniform? Sehe ich aus wie jemand, der uniformiert auf einer Hochzeit tanzt?«

»Ich weiß nicht, was Sie in der Vergangenheit getan haben.«

»Wollen Sie damit sagen, Sie glauben mir nicht?«

»Nein. Ich will nur das sagen, was ich gesagt habe. Ich weiß nicht, was Sie in der Vergangenheit getan haben.«

Nora holte tief Luft und lehnte sich kurz zurück. Es waren einfache Sätze, die Roswitha und Herr Basajew wechselten, aber die Luft war zum Schneiden. Sie wollte raus. Der Nebel in ihrem Kopf drückte gegen ihre Stirn. Ohne ein Wort zu sagen, stand sie auf, ging zum Fenster und machte es auf. Schweigend kehrte sie an ihren Platz zurück und genehmigte sich einen weiteren tiefen Atemzug.

Roswitha schaute zu Nora.

»Alles okay bei dir?«

»Ja.«

Dann richtete Sie ihren Blick wieder auf Herrn Basajew.

»Jedenfalls, um das noch abzuschließen … Ich danke Ihnen, dass Sie uns diese Aufnahme gezeigt haben. Jetzt habe ich eine Vorstellung gekriegt.«

»Gekriegt?«, wiederholte Ruslan das letzte Wort auf Deutsch. »Hat das mit Krieg zu tun?«, fragte er und schaute dabei Nora an.

Nora antwortete ihm auf Russisch: »Nein, das ist nur Zufall. Kriegen bedeutet das Gleiche wie bekommen. Also …«

Roswitha unterbrach sie: »Nora, würdest du mir bitte übersetzen, anstatt selber zu antworten?«

»Es heißt dolmetschen. Ich habe ihm nur erklärt, dass *kriegen* nichts mit *Krieg* zu tun hat.«

»Überlässt du das Antworten bitte mir, ja?«
Jetzt schaltete sich Ruslan ein.
»Worum geht es hier?«
Roswitha räusperte sich kurz.
»Sie wollten wissen, ob *kriegen* und *Krieg* etwas miteinander zu tun haben? Ich bin keine Sprachwissenschaftlerin, aber ich denke: Ja, das kann man schon so sagen. *Kriegen* kommt vermutlich daher, dass man durch *Krieg* etwas bekommt, oder erobert.«

Wojna, Krieg, und *sawojewatj*, erobern. Nora hatte das Gefühl, dass Roswitha ihr nun ganz genau zuhörte, obwohl sie Russisch nicht verstand. Jawohl, jedem Bekommen ging offenbar ein Kampf voraus, die Sprache sagte es ja ganz deutlich, dachte Nora. *There is no such thing as a free lunch*, hatte Timothy gesagt.

»Vielleicht sollten wir mal das Thema wechseln?«, fragte Herr Basajew.

»Einverstanden.« Roswitha machte eine längere Pause und blätterte in ihren Unterlagen.

»Sprechen wir über Ihre Schulden bei den Wiener Linien. Haben Sie letzte Woche etwas in dieser Angelegenheit unternommen, so wie wir das besprochen haben? Haben Sie beim Inkassobüro angerufen?«

»Nein. Ich wollte anrufen, aber Sie wissen ja, ich spreche nicht so gut Deutsch, und meine Frau auch nicht, und unser Sozialarbeiter hatte letzte Woche keine Zeit. Morgen schaut er im Heim vorbei, hat er gesagt.«

Roswitha spürte Ärger in sich aufsteigen. Als sie Robert kennengelernt hatte, kämpfte er gerade damit, seine Schulden im Inkassobüro zu begleichen und eine drohende Pfändung abzuwenden. Sie hatte ihm unter die Arme gegriffen, nicht nur finanziell, und zwar in einem Ausmaß, das sie sich nicht eingestehen mochte und zu ihrem eigenen Glück erfolgreich verdrängen konnte, sondern auch mit moralischer Unterstützung, indem sie ihm stundenlang mit viel Geduld erklärt hatte, warum Schuldenmachen genau das Gegenteil dessen war, was die Bank propagierte, und warum man mit einem Kredit nicht frei war, sondern so unfrei wie eine arme Kirchenmaus, und warum zum Schluss das Haus gewinnt, immer und ausnahmslos. Roberts Schuldenproblematik hatte Roswitha damals fast in den Wahnsinn getrieben, und sie musste sich beherrschen, ihren Ärger nicht an Herrn Basajew auszulassen, denn seine Schulden im Inkassobüro hatten einen ganz anderen Hintergrund: Ruslan war beim Schwarzfahren erwischt worden und hatte nicht verstanden oder wollte nicht verstehen, dass die Schulden immer weiter anwuchsen, wenn man sie nicht beglich, und dass man sich aktiv darum kümmern musste, eine Ratenzahlung zu vereinbaren, um seinen Kopf aus der Schlinge zu ziehen. Im Unterschied zu Robert hatte Herr Basajew ja keinen Kredit aufgenommen, um hochfliegende Pläne als selbstständiger Werbegrafiker zu realisieren, das war Roswitha alles bewusst, und dennoch stieg Hitze in ihr hoch wie bei einem Geysir, vom Bauch hinauf in die Stirn, jedes Mal, wenn sie das Wort *Inkassobüro* hörte.

»Bitte sprechen Sie mit Ihrem Sozialarbeiter darüber. Es ist ganz, ganz wichtig, dass Sie sich um diese Sache kümmern, Herr Basajew. Wenn Sie nichts tun, dann wächst Ihr Schuldenberg. Sie tun sich keinen Gefallen, wenn Sie den Kopf in den Sand stecken.«

Nora ließ im Russischen das Bild vom Berg und vom Kopf im Sand weg, gab sich aber Mühe, ihre Stimme ebenso eindringlich klingen zu lassen wie Roswitha.

»Machen Sie sich keine Sorgen, Frau Roswitha. Die können sowieso nichts pfänden. Den alten Fernseher können sie meinetwegen mitnehmen, wir schauen sowieso nicht, und meinen Laptop kann ich bei meinem Nachbarn verstecken, und dann ist nichts mehr da, was für das Inkassobüro von Interesse sein könnte«, sagte Herr Basajew achselzuckend.

»Wenn Sie nicht bezahlen können und wenn es nichts zu pfänden gibt, dann kommen Sie ins Gefängnis, ist Ihnen das klar?«

»Im Gefängnis war ich schon. Und zwar in einem solchen, wie Sie es sich hier nicht mal vorstellen können. Ein österreichisches Gefängnis wäre für mich wie ein Hotelaufenthalt. Ach was, nicht mal wie ein Hotel, sondern wie der reinste Kuraufenthalt!«

»Und was aus Ihrer Frau und Ihrem Sohn wird, wenn Sie ins Gefängnis kommen, daran denken Sie nicht?«

»Taissa ist eine starke Frau, sie kommt eine Zeit lang auch ohne mich zurecht. Außerdem ist ihre Schwester auch da. Und mein Sohn ist sowieso noch zu klein, er versteht noch gar nichts.«

»Da wäre ich mir mal nicht so sicher, Herr Basajew. Kinder spüren sehr viel mehr, als Erwachsene sich vorstellen können. Bitte kümmern Sie sich darum. Ich bin nicht Ihre Sozialarbeiterin, deshalb kann ich in dieser Angelegenheit nichts für Sie tun, aber ich sage es Ihnen noch einmal: Kümmern Sie sich darum.«

»Frau Roswitha, ich weiß Ihre Sorge zu schätzen. Danke. Ich spreche morgen mit dem Sozialarbeiter.«

»Ich weiß, dieses Thema ist Ihnen unangenehm, aber ich würde trotzdem gerne wissen, ob es eine Chance gibt, dass Sie das Geld zurückzahlen, in Raten natürlich. Ich weiß, Sie haben keine Arbeitsbewilligung, aber können Sie manchmal irgendwo schwarzarbeiten?«

»Das, was ich im Heim manchmal verdiene, wenn ich etwas repariere oder mal den Hof aufräume, das sind wirklich nur Kopeken, nicht der Rede wert.«

Nora überlegte kurz, ob sie aus den Kopeken Cents oder Heller machen sollte, beließ es aber bei den Kopeken und hoffte, dass Roswitha wusste, was gemeint war.

»Ich könnte schon da und dort arbeiten, an einer Baustelle oder in Privatwohnungen, vielleicht auch bei Umzügen mithelfen. Ich kenne Mitbewohner aus dem Heim, die solche Sachen machen. Aber weil die Leute ganz genau wissen, dass ich ein Asylwerber ohne Arbeitsbewilligung bin, würden sie mich nur ausnutzen. Wenn du in einer Notlage bist, nützen die Menschen das aus. Das ist überall auf der Welt so. Was glauben Sie, was mit den vielen syrischen Flüchtlingen in Europa passieren wird? So schlecht kann man in seinem Wirtschaftsstudium gar nicht aufgepasst haben, um nicht zu kapieren, dass diese Leute das neue Lumpenproletariat sein werden.« Er verwendete die deutsche Bezeichnung mit russischer Aussprache, *Ljumpenproljetariat*.

Dann entstand eine Stille. Nora hätte nicht genau sagen können, ob es eine angenehme oder unangenehme Stille war, sie war nur froh darüber, dass die beiden Münder verschlossen waren und sie spüren konnte, wie der Nebel in ihrem Kopf sich allmählich lichtete.

»Kann ich jetzt gehen?«, fragte Herr Basajew unvermittelt.

»Unsere Stunde ist zwar noch nicht vorbei, aber ja, wenn Sie das möchten, können Sie gehen«, antwortete Roswitha und gab sich Mühe, sich nicht anmerken zu lassen, wie dankbar sie für das vorzeitige Ende war.

»Die nächste Stunde ist dann in einer Woche zur gleichen Uhrzeit, ja? Oder wollen Sie lieber erst in zwei Wochen kommen?«

»Machen wir in zwei Wochen. Ich habe viele Termine in nächster Zeit. Und meine Frau auch.«

»Gut, ich schreibe Ihnen den Termin auf«, sagte Roswitha und riss einen gelben Post-it-Zettel ab.

»Also dann, alles Gute inzwischen, und wir sehen uns in zwei Wochen.«

»Sprechen wir dann über meinen Befund für das Asylverfahren?«

Roswitha schwieg und schaute ihrem Klienten direkt in die Augen. Sie wollte sich nicht sofort geschlagen geben.

»Bitte«, sagte Herr Basajew schließlich mit einem schelmischen Blick.

»Ja, das machen wir«, presste sie hervor.

Mit einem festen und trockenen Händedruck verabschiedete sich Herr Basajew von den beiden Frauen und verließ den Raum. Zwei Sekunden später stand er wieder in der Tür.

»Bekomme ich diesmal auch einen Fahrschein?«, fragte er verlegen.

»Oh, das habe ich ganz vergessen«, sagte Roswitha. »Weil wir ja gerade beim Schuldenberg wegen Schwarzfahrens waren ...«

Nora lachte. Schwarzfahren hieß auf Russisch *jechatj sajzem*, das bedeutete wörtlich *als Hase fahren*. In Russland hatte sie sich in der Metro vorgestellt, dass die Schwarzfahrer vor Angst aufzufliegen wie Angsthasen zitterten, anders konnte sie sich die Metapher nicht erklären.

Nora gab Herrn Basajew noch einmal die Hand, und als er bei der Tür draußen war und sie ihn eine Melodie pfeifen hörte, nahm sie ihren Ehering ab und steckte ihn in ihre Tasche zurück.

- selber sprechen -

»Ich schau schnell zum Supermarkt, braucht ihr irgendwas?«, sagte Nora, während sie ihre Strickjacke zuknöpfte. Die verkürzte Stunde mit Herrn Basajew hatte ihr eine Pause beschert.

»Wart kurz, ich komm mit«, sagte Erika, »muss nur noch diese Mail abschicken!«

Erika schnappte sich mit einer schwungvollen Bewegung ihre Handtasche und schloss sich Nora an.

»Lift? Zu Fuß?«

»Zu Fuß«, sagte Nora.

Als sie das Gebäude verließen, fragte Erika: »Sag, Norotschka, ist alles okay mit dir? Du schaust heute so blass aus. Sind die Stunden anstrengend? Magst du eine Schmerztablette oder so etwas? Du weißt, ich hab alles da, für Kopfweh, Bauchweh, *you name it.*«

Nora zündete sich eine Zigarette an und machte einen tiefen Lungenzug.

»Nein, ich bin nur müde. Wollen wir eine kleine Runde drehen?«

»Wir haben nicht viel Zeit. Denk an deine nächste Klientin.«

»Ich weiß, Malika die Zweitfrau«, sagte Nora grinsend.

»Arg, oder? Ich weiß noch, als ich ihre Daten aufgenommen hab, hab ich mir gedacht, das muss ein Missverständnis sein. Aber sie ist wirklich die Zweitfrau. Dass sie das alle miteinander einfach so durchziehen, noch dazu in einem Asylheim: Wahnsinn! Stell ich mir urkompliziert vor.«

Nora runzelte die Stirn.

»Naja, so seltsam find ich das gar nicht. Das Ungewöhnliche daran ist doch nur, dass in dieser Familie alle Beteiligten Bescheid wissen, und das Umfeld auch. Aber überleg mal: Wie viele Paare kennst du in deinem eigenen Freundeskreis, wo beide Partner monogam leben?«

»Da muss ich jetzt nachdenken.«

Erika vertiefte sich kurz in ihre Gedanken, schließlich sagte sie: »Du hast recht. Ehrlich gesagt kenne ich ein einziges Paar zurzeit, und das sind Bernhard und ich, und wer weiß, wie lang das so bleibt. Und Andrea und Thomas auch, da leg ich die Hand ins Feuer, dass da keiner was außerhalb der Beziehung hat. Aber stimmt schon, bei allen anderen läuft mindestens bei einem etwas parallel nebenher, oder mal hier und da ein Kurschatten oder ein One-Night-Stand, oder ein Pantscherl auf der Dienstreise ... Aber hör mal, du kannst trotzdem nicht einfach hergehen und unsere Lebensweise vergleichen mit diesen Zweit- und Drittfrauen!«, rief Erika empört aus.

»Ich vergleiche nicht, ich will nur sagen, Monogamie ist immer und überall ein Konstrukt und führt zu Heuchelei und Lügen, und die Menschen finden zu verschiedenen Zeiten an verschiedenen Orten unterschiedliche Wege und Mittel, um damit fertigzuwerden, dass sie mit der Monogamie nicht fertigwerden«, erwiderte Nora. »Schau, ich darf dir ja von Malika nicht viel erzählen, weil ich ja, wie du wohl weißt, zur Verschwiegenheit verpflichtet bin«, fügte sie hinzu und hüstelte betont theatralisch, »aber ich arbeite schon länger mit ihr, und weißt du, ihr geht es nicht wesentlich schlechter oder anders als den Frauen, die in einer Zweierbeziehung leben. Sie hat auch einen normalen Alltag. Das ist alles nicht so exotisch, wie es klingt.«

»Nein?«

»Schau, die Malika hat ihr Kind, sie hat diesen Kindsvater, den sie vielleicht nicht so oft sieht wie die Erstfrau, aber er ist irgendwie auch da und trägt Verantwortung, und ich würde mir nicht anmaßen zu beurteilen, wer von den dreien jetzt wirklich die schlechtesten Karten hat: die Erstfrau, die zwar entthront ist, aber im Alltag mehr Macht hat als Malika, die Malika selbst, die in einer ewigen Warteschleife steckt, oder der Mann, der zwei Frauen hat, was ihm vielleicht irgendwann einen Kick gegeben hat, aber überleg mal, wie sein Leben wirklich aussieht: Er muss für den Rest seines Lebens für zwei Frauen und insgesamt vier Kinder blechen, und jetzt dazu noch unter Asylbedingungen. Also, an seiner Stelle würde ich mir ganz ehrlich die Kugel geben, am besten gestern.«

»Das hätt er sich ja früher überlegen können.«

»Ja, das ist jetzt leicht gesagt. Aber Faktum ist: Die Malika ist jetzt da, und ihr kleines Mädchen ist auch da, und irgendwie müssen alle weiterleben, oder?«

»Ja, ja, Norotschka, du mit deinen radikalen Ansichten«, sagte Erika verärgert.

»Was ist daran bitte radikal? Ich sage nur, wie es ist. Schau dich um, fast alle, die in einer Beziehung leben, unterhalten irgendwelche Nebengeschichten, kürzere oder längere, und wenn das nicht der Fall ist, dann liegt's meist daran, dass sie gerade niemanden an Land ziehen, und nicht etwa an ihrer moralischen Stärke. Es ist leicht, einen auf monogam und treu zu machen, wenn man gar keine Angebote hat. Aber geh doch mal auf eine Dating-App oder ein Partnervermittlungsportal und schau dir an, wer da alles auf der Suche ist. Lauter Verheiratete und Vergebene. Trotzdem tun immer alle so, als gäbe es nichts Verwerflicheres als die Polygamie. Liebe in den Zeiten des Kapitalismus. Jeder schaut nur noch drauf, dass er das Beste für sich rausholt, ohne Rücksicht auf Verluste. Aber wirklich dazu stehen tut auch niemand. Findest du das nicht heuchlerisch?«

»Du vergleichst hier Äpfel mit Birnen. Du blendest jetzt vollkommen aus, dass bei uns die Frau frei entscheiden kann. Die Frau kann auch Affären haben, wenn sie will, und nicht nur der Mann. Das kannst du doch nicht vergleichen, unsere Lebensweise und deren Lebensweise. Die Polygamie, von der wir hier reden, ist doch tiefstes, primitivstes Patriarchat.«

»Okay, da geb ich dir vollkommen recht. Klar, wir haben hier das Privileg, ebenso leben zu können wie die Männer, zumindest in der Theorie. In der Praxis schaut's dann doch wieder anders aus, findest du nicht? Ich kenne so viele emanzipierte Frauen, einschließlich meiner Wenigkeit, die nach irgendwelchen Affären oder One-Night-Stands heulend in der Ecke sitzen. Aber darüber muss man dann eisern schweigen, denn sonst steht man ja als unemanzipiert da. Klar, es ist eh auch eine Freiheit, unbehelligt heulend in der Ecke zu sitzen.«

»Sag mal, hast du jetzt total den Verstand verloren? Willst du jetzt unsere Emanzipation in Frage stellen? Hast du deine komischen Ideen in Russland aufgeschnappt? Was ist bitte mit der ökonomischen Unabhängigkeit der Frau? Ist es etwa keine Errungenschaft, dass wir Frauen hier arbeiten dürfen und mit unserem Geld machen können, was wir wollen?«

»Die ökonomische Unabhängigkeit ist immer ein Stock mit zwei Enden, wie die Russen sagen würden, *palka o dwuch konzach* ...«

»Was soll das schon wieder heißen?«

»So etwas wie ein zweischneidiges Schwert. Arbeiten zu dürfen, bedeutet auch arbeiten zu müssen. Und umgekehrt gilt auch: Ökonomisch abhängig kann nur jemand sein, der einen anderen findet, der sich für ihn finanziell zuständig fühlt. Ökonomische Abhängigkeit fällt nicht einfach vom Himmel, sondern man muss sich schon mit einem Versorger arrangieren, um abhängig werden zu können. Probier du mal, von Bernhard finanziell abhängig zu werden. Da wirst du auf Granit beißen, das sag ich dir«, sagte Nora lachend.

»Wovon redest du bitte? Willst du allen Ernstes behaupten, dass eine Malika ein besseres Modell gewählt hat als wir?«

»Gewählt hat Malika gar nichts. Aber wir haben auch nur zum Teil freiwillig gewählt. In einer neoliberalen Gesellschaft ...«

»Jetzt komm mir bitte nicht mit neoliberal daher. Wenn ich das schön höre! Also ich, Erika Zimmermann, hab sehr wohl meine Wahl getroffen. Ich mag meinen Job, jedenfalls die meiste Zeit, und ich bin froh, dass ich über mein Geld niemandem Rechenschaft ablegen muss. Wer das Geld hat, der hat auch die Macht und hat seine Freiheit. So einfach ist das. So, und jetzt redest du bitte nicht noch mehr Schwachsinn, Norotschka. Ich glaub, heute ist nicht ganz dein Tag«, sagte Erika resolut.

Nora schwieg und trat sorgfältig ihre Zigarette vor dem Supermarkteingang aus. Beide hingen ihren eigenen Gedanken nach, während sie im Supermarkt ihr Essen zusammensuchten. Nora nahm sich eine Laugenstange, einen Humusaufstrich, ein Trinkjoghurt mit Erdbeergeschmack und zwei Mars-Riegel. Erika kaufte eine Banane, zwei Äpfel und einen Orangensaft.

»Soll das jetzt wieder eine Diät werden, oder was?«, wollte Nora wissen, als sie ihre Einkäufe aufs Band legten.

»Nicht wirklich. Bernhard und ich haben uns gestern total überfressen. Und heute Abend sind wir schon wieder bei seinen Freunden zum Essen eingeladen.«

»Beziehungsspeck geht in Ordnung, steht dir gut.«

»Wo essen wir? In der Küche? Oder draußen auf der Bank? Ginge das, oder ist dir zu kalt?«

»Auf der Bank ist gut.«

Die beiden Frauen näherten sich einer Sitzbank, die zur Hälfte im Schatten eines Kastanienbaums lag.

»Licht? Schatten? Such du aus, mir ist es ganz gleich.«

»Dann nehm ich Licht«, sagte Nora, nahm Platz und hielt ihr Gesicht für einige Sekunden direkt in die milde Maisonne, mit verschlossenen Augen.

»In Petersburg hab ich die Sonne so vermisst. Dabei ist Wien eh grau. Aber nach Petersburg relativiert sich so einiges«, sagte Nora und tunkte ihre Laugenstange in den Humus.

»Du redest ständig von Petersburg. Vermisst du es? Willst du wieder zurück?«

Nora kaute schweigend.

»Du willst nicht darüber reden, oder?«

»Doch, doch. Ich hab nur überlegt, ob ich es vermisse oder ob ich froh bin, nicht mehr dort zu sein. Schwer zu sagen. Es war aufregend und so, aber irgendwie ... Wie soll ich sagen, ich glaube, ich bin in Petersburg gescheitert.«

»Wieso gescheitert? Was hattest du denn vor?«

»Nichts Besonderes eigentlich, aber zum Schluss hatte ich keine Energie. Als es mit Vladimir aus war, hätte ich nicht mehr die Energie gehabt, mir wieder eine Wohnung oder ein WG-Zimmer zu suchen, oder eine neue Arbeit, neue Freunde ... Ich hätte es nicht geschafft in Petersburg. Jedenfalls hab ich das damals gedacht. Heute werfe ich mir das vor. Ich hätte mich zusammenreißen und noch etwas daraus machen sollen, aus meinem russischen Leben. Aber ich war zu schwach und hab mich geschlichen. Kannst du das verstehen?«

»Nicht wirklich. Was ist denn da eigentlich passiert mit diesem Vladimir, wenn ich fragen darf?«

»Du darfst alles fragen, aber ich habe das Recht zu schweigen«, sagte Nora betont ernst und brach dann in Lachen aus.

»Na, das versteht sich von selbst, Norotschka«, gab Erika mit einem breiten Lächeln zurück.

»Also, was ist passiert ... Viel ist passiert. Willst du's wirklich wissen?«

»Ja bitte!«

Nora schloss noch einmal die Augen und hielt ihr Gesicht in die Sonne. Sie versuchte, ihre Erinnerungen zu ordnen. Die offizielle Version, die sie allen Freunden erzählt hatte, der zufolge ihr Vertrag beim Goethe-Institut ausgelaufen war, sie keinen anderen Job finden konnte, aber auch nicht finanziell von Vladimir abhängig sein wollte, also sei sie dann nach Wien umgezogen, sie hätten sich ohnehin schnell auseinandergelebt gehabt und hatten sich in aller Freundschaft getrennt, und jetzt hätten sie sporadisch Kontakt. Oder sollte sie hier und jetzt ausgerechnet Erika einfach die Wahrheit erzählen? Die volle Wahrheit, die sie noch nie in Worte gefasst hatte? Nora machte die Augen auf und schaute Erika direkt ins Gesicht.

»Eigentlich war es ganz banal. Es hat sich herausgestellt, dass Vladimir ein Spießer ist. Weil er ein Russe ist, bin ich nicht so schnell draufgekommen, weil ich die Codes nicht so schnell kapiert hab. Weißt du, was ich meine?«, fragte Nora unsicher, fuhr aber fort, ohne eine Antwort abzuwarten: »Ein richtiger Spießer. Zum Spießerleben gehören Betrug und Lüge ganz selbstverständlich dazu. Das gepflegte Doppelleben. Die Fassade muss man um jeden Preis wahren, vor den Freunden, vor den Eltern. Man hat ja was zu verlieren. Bloß nichts riskieren. Bloß keine echten Emotionen.«

»Aha, daher dein Hass auf die Heuchelei, ja?«

»Ich bin ja selbst auch nicht besser. Keine Ahnung.« Nora holte tief Luft.

»Schau, es war so. Vladimir hatte ständig seine Dienstreisen, nach Italien und nach Deutschland, und irgendwann fiel mir auf, dass er oft nach Estland fuhr. Ich habe

Verdacht geschöpft, dass er in Tallin jemanden hat. Es kamen manchmal Briefe und kleine Pakete aus Tallin, die er nicht vor mir aufmachen wollte, und solche Kleinigkeiten halt. Naja, und irgendwann hab ich – und da bin ich echt nicht stolz drauf – in sein Handy reingeschaut, während er unter der Dusche war, und bin auf jede Menge eindeutiger SMS gestoßen, von einer gewissen ›Marina Tallin‹. Von dieser Marina gab es noch andere Telefonnummern, ›Marina London‹, ›Marina Berlin‹ und ›Marina Rom‹. Das muss auch so eine umtriebige Wirtschaftsfrau gewesen sein, vielleicht eine Kollegin aus seiner Firma. Oder, was ich ihm auch zutrauen würde: Marina war der Einheitsname für jede seiner Geliebten.«

»Aha, in jedem Hafen eine Braut.«

»Oder dieselbe Braut in mehreren Häfen. Keine Ahnung.«

»Was heißt da keine Ahnung? Du hast ihn dann wohl hoffentlich damit konfrontiert?«

»Nein, eben nicht«, sagte Nora, nahm einen großen Schluck vom Erdbeerjoghurt und lachte kurz über ihren Milchbart. Dann wischte sie sich über den Mund, zündete sich eine Zigarette an und fuhr fort: »Ich war so schockiert, dass ich einfach nichts gesagt habe, kannst du dir das vorstellen? Dabei habe ich so etwas erwartet, sonst hätte ich ihm nicht nachspioniert. Ich wollte zuerst nachdenken, mir eine Strategie überlegen. Vladimir hätte wütend reagiert, dass ich heimlich sein Handy durchsucht hatte. Das hätte ich ehrlich gesagt gut verstanden. Das ist echt ein No-Go, und ich hab's trotzdem getan. Weißt du, das ist so wie bei Al Capone, wenn man Beweise hat, die vor Gericht nichts taugen, weil sie illegal beschafft wurden, so irgendwie. Du brauchst dann schon wasserdichte Beweise, solche, mit denen du durchkommst. Al Capone hat man schließlich auch nur wegen Steuerhinterziehung drangekriegt. Ich wollte nicht zugeben, dass ich ihm nachspioniert hatte, denn dann hätte sich unser Streit nur darum gedreht, dass ich in sein Handy reingeschaut hab.«

»Das versteh ich nicht. Ich hätte ihm das auf der Stelle um die Ohren gehauen!«

»Und ich hab's nicht getan. Ich konnte nicht. Wer weiß, was heute wäre, wenn ich gekonnt hätte. Hab ich jedenfalls nicht. Am nächsten Tag war er wieder weg, ich glaube, es war wieder Tallin, und ich saß da und zerbrach mir den Kopf, wie es weitergehen sollte. Und dann lernte ich Timothy kennen.«

»Ich dachte, Timothy hättest du erst in Wien kennengelernt?«

»Nein, das war gelogen ... Den hab ich in Petersburg kennengelernt. Er ist Maler, ein Engländer, er hatte ein Atelier in unserem Hinterhof. Ich hab ihn oft gesehen, wenn ich aus dem Badfenster geraucht habe, er hat mir immer zugewinkt. Und als Vladimir weg war, nach dieser SMS-Geschichte, da habe ich nicht nur zurückgewinkt, sondern auch richtig gegrüßt und so. Und er hat mich auf Englisch angeredet, und ein Wort ergab das andere, und eine Viertelstunde später stand ich in seinem Atelier. Und dann, naja, wie soll ich dir das erklären, zwei Westler in Russland klammern sich schon mal schnell aneinander, man kann gemeinsam so herrlich über Russland jammern und fühlt sich endlich verstanden ... Und erst im Gespräch mit einem anderen Westler merkst du, wie anstrengend Russland eigentlich ist. Allein schon die Babuschkas in der Metro, die machen dich bei jedem Anlass fertig. Echt mühsam. *In so many ways. You keep asking yourself, what the fuck you're doing in this fucking country,* wie Timothy sagte. *And yet you fucking stay. And you fucking keep coming back ...* Als er mich das nächste Mal ins Atelier eingeladen hat, das war gleich am nächsten Tag, da haben wir uns geküsst. Es war so anders als mit Vladimir. Tim hat mir dann gesagt, dass er mich schon länger beobachtet hat und mich immer kennenlernen wollte und bla bla bla, du weißt schon.«

»Norotschka! Das ist ja richtig aufregend!«

»Es klingt jetzt aufregender, als es war. Weißt du, ich war damals so verwirrt und unsicher, eigentlich neben der Spur, und Timothy war so unglaublich nett und unkompliziert. Er hat mich ständig zum Lachen gebracht, und er war ein toller Liebhaber.«

»Warst du verliebt?«

»Ich denk schon. Ja, sicher sogar. Was Vladimir in Tallin tat, wurde mir auf einmal egal. Ich war sogar froh, dass er meistens nicht daheim war. Ich hatte nur noch Timothy im Kopf. Es war so eigenartig, wir haben uns dann eine Zeit lang fast jeden Tag gesehen, immer vormittags, denn ich hab nachmittags Bürodienst gehabt, aber wir hatten nicht einmal unsere Telefonnummern ausgetauscht. Wir waren immer in seinem Atelier zusammen. Er hatte dort eine Couch.«

»Und er hat dich dann ganz klassisch auf der Couch gemalt, ja? So wie man das in den Filmen immer sieht«, sagte Erika und schüttelte sich vor Lachen.

»Schön wär's! Dann hätte ich jetzt wenigstens ein tolles Aktgemälde von mir! Nein, er hat abstrakt gemalt, riesige abstrakte Gemälde, ich hab nie gewusst, was ich dazu sagen soll, aber ich fand sie irgendwie schön. Jedenfalls nicht hässlich. Keine Ahnung.«

»Na, und habt ihr darüber gesprochen? Wusste er von Vladimir?«

»Klar wusste er von Vladimir, er kannte ihn ja vom Sehen. Und nein, wir haben nicht darüber gesprochen. Es war irgendwie so *don't ask, don't tell.* Rückblickend glaube ich, Timothy hat erwartet, dass ich einen Schritt auf ihn zugehe. Schließlich war ich diejenige, die in einer Beziehung lebte, und von außen gaben Vladimir und ich so ein hübsches, erfolgreiches Paar ab. Außerdem weiß ich ja gar nicht, ob Timothy jemanden hatte. Oder mehrere? Ich weiß, es hört sich komisch an, aber ich wollte es nicht kaputtmachen durchs Reden. Ich war wie auf Drogen. Weißt du, ich hab mir jeden Tag vorgenommen, es zu beenden oder zumindest darüber zu reden, aber dann war es mit ihm einfach nur schön und unkompliziert. Dann hab ich das Gespräch immer auf das nächste Mal verschoben. Und dann wieder auf das nächste Mal.«

»Hast du mit irgendjemandem darüber reden können?«
»Nein, kein Mensch hat davon gewusst. Nicht mal Olga.«
»Wieso hast du nicht mit irgendwem von daheim darüber geredet? Oder gemailt?«
»Rückblickend kann ich es dir gar nicht so genau sagen. Mir war das alles so peinlich, dass ich einerseits Vladimir betrüge, andererseits weiß, dass er mich erst recht betrügt.«

Nora machte eine Pause und schaute kurz in die Sonne.

»Besser ein Spatz in der Hand als eine Taube auf dem Dach, das sagt man doch, oder? Schau, ich wusste schon nicht mehr, wer der Spatz und wer die Taube von den beiden war, und vor allem hätte ich nicht mehr sagen können, wer da wen in der Hand hatte. Und ob nicht ich am Ende auf dem Dach hockte, wie die Katze auf dem heißen Blechdach oder wie auch immer. Ach, vergiss es. Ich kann's dir nicht erklären. Es war so kompliziert, ich konnte nicht darüber reden.«

»Was hat dich denn so gereizt an diesem Timothy?«
»Er war ganz anders als Vladimir, viel lockerer, voller Ideen. Timothy erzählte immer irgendetwas Interessantes, aber sprach nicht viel über sich. Über uns schon gar nicht. Alles, was ich über ihn wusste, war, dass er aus Sheffield stammte, die Eltern waren Ärzte, und er hatte eine Zwillingsschwester, die auch Ärztin wurde. Er hat in London Malerei studiert, dies und das gemacht, und dann

hat er mit einem russischen Kollegen einen Ateliertausch gemacht, damit sich beide neue Anregungen holen, so irgendwie. Aber ich habe nicht gefragt, wie lange er noch in Russland bleibt. Ich hatte Angst, Bescheid zu wissen. Ich dumme Kuh. Einfach Kopf in den Sand. Ich versteh's im Nachhinein auch nicht.«

»Und wie lange ging das?«

»Keine zweieinhalb Monate. Das klingt jetzt nicht so lang, aber wie soll ich dir das erklären ... Es ist, als hätte ich da ein ganz anderes Leben in einer Klammer erlebt. Verstehst du das?«

»Nicht wirklich, aber erzähl einfach mal weiter.«

»Eines Tages hat er mir ein kleines Bild geschenkt, nur dreißig mal dreißig Zentimeter, und am nächsten Tag kam er nicht ins Atelier. Er kam einfach nicht. Ich stand mir die Beine in den Bauch am Badfenster und rauchte Kette. Drei Tage später war mir klar, der kommt nicht wieder. Vladimir war nicht daheim, und ich hab mich in der Arbeit krankgemeldet und hab nur geheult und geheult, als wäre es das Ende der Welt. Und erst nach ich weiß nicht wie viel verheulten Stunden hab ich bemerkt, dass auf der Rückseite des Bildes ein kleines Plastiksäckchen angeklebt war, ich hatte es für eine Etikette gehalten. Drinnen war eine kurze Notiz: *Dear Norotchka, I have to leave, but please keep in touch, I hope to see you again. Lots of kisses to you, Timothy,* und dann eine Mailadresse und eine Telefonnummer mit dänischer Vorwahl.«

»Und? Du hast hoffentlich sofort angerufen?«

»Nein, eben nicht. Wieder gezögert. Wieder gewartet, bis die erste Emotion vorbei war, um mir eine Strategie zu überlegen. Ich war selbst so überrascht von meiner heftigen Reaktion, ich konnte mich nicht beruhigen. Es war alles zu viel, verstehst du? Es war so eine hirnrissige Geschichte, dass ich mit niemandem darüber reden konnte.«

»Und dann?«

»Irgendwann kam Vladimir nach Hause, und ich saß komplett verheult da. Er fragte genervt, was schon wieder los sei mit mir, und da hab ich dann nichts mehr gedacht, keine Strategie überlegt, gar nichts, ich hab einfach gesagt, ich hab jetzt die Schnauze voll von diesem Leben hier, ich gehe zurück nach Wien. Er war überrascht, aber ich hab gemerkt, dass er auch erleichtert war. Dann haben wir uns noch gegenseitig alles Mögliche vorgeworfen, ich ihm seine vielen Abwesenheiten, er mir meine Unordnung und meine generelle Planlosigkeit und meine westliche Verwöhntheit, so viel Weltfremdheit kann sich nur ein Mittelstandskind aus dem Westen leisten, das sagte er immer wieder, und so ging das dahin, bis wir irgendwann vor lauter Erschöpfung beide geheult haben. Dann bin ich einfach raus, in die Stadt, bin stundenlang rumgelaufen, und dann hab ich bei Olga geläutet, sie war zum Glück daheim, und am nächsten Tag habe ich damit begonnen, meine Sachen zu packen. Vladimir hat nicht protestiert.«

»Und hast du ihm dann seine Marina an den Kopf geworfen?«

»Nein, hab ich nicht. Weil ich ja meinen Timothy im Kopf hatte. Ich hatte nicht die Kraft, das betrogene Weibchen zu spielen, ganz einfach, weil ich keines war. Nicht wirklich. Klar, mit Schuldgefühlen hätte ich ihn voll um den Finger wickeln können.«

»Glaubst du, er hatte Schuldgefühle?«

»Ich hätte ihm welche machen können. Er wäre garantiert darauf angesprungen, wenn ich das so hingebogen hätte, dass ich ohne Nachspionieren auf seine Marinas draufgekommen bin. Weil er ein Spießer ist und weil er sich außer richtig und falsch nichts Drittes vorstellen kann. Ich hab mit den Timothy-Tränen die Trennung von Vladimir vollzogen, verstehst du? Total absurd. Wäre das mit Timothy nicht passiert, wäre ich vermutlich bei Vladimir geblieben, und wir hätten uns irgendwie arrangiert. Zumindest noch eine Zeit lang.«

»Irre.«

»Das konnte mir nur in Petersburg passieren. Dort war ich so ... wie soll ich dir das sagen? Daheim wäre mir so etwas nie passiert. Obwohl, wer weiß das schon. Und überhaupt, es gibt Schlimmeres.«

»Eine irre Geschichte, Norotschka. Das hätte ich dir nie zugetraut.«

»Hätt ich mir auch nicht zugetraut. Aber so war es. Genau so war es«, sagte Nora und zündete sich noch eine Zigarette an. »Und soll ich dir was sagen? Du bist der erste Mensch, dem ich das erzählt habe.«

Erika beugte sich vor und legte ihre Arme um Nora.

»Ist mir eine Ehre. Du brauchst das nicht geheim zu halten, irgendwie ist es eine coole Geschichte. Hey, ist doch nicht so schlimm. Beruhig dich.«

Nora spürte, dass ihre Wangen erhitzt und nass waren. Erika reichte ihr wortlos ein Taschentuch.

»Norotschka, wir haben die Zeit übersehen! Du musst wieder dolmetschen.«

Die beiden Frauen warfen die Verpackungen in die Mülltonne und liefen zum Gebäude zurück.

- weiterarbeiten -

»Nora, du bist spät dran. Ich hab dich angerufen, Malika wartet schon.«

»Ja, ich weiß, entschuldige, ich hab die Zeit übersehen.«

»Hast du geweint? Deine Augen sind total rot.«

»So mit dem Arsch ins Gesicht fragen, das findet ihr Psychotanten okay, oder?«, fragte Nora und rang sich ein Lächeln ab.

Roswitha legte den Kopf schief und kniff die Augen zusammen.

»Wir *Psychotanten*? Glaubst du, normale Leute würden nicht fragen, oder wie?«

»Nicht so direkt.«

»Tja, so sind wir halt, wir Psychotanten. Wasch dir das Gesicht, und wir reden nach der Stunde, ja?«

Roswitha berührte kurz Noras rechten Oberarm.

»Oder möchtest du lieber gar nicht arbeiten? Wir können Malika nach Hause schicken. Oder ich versuche, mit ihr Deutsch zu sprechen.«

»Nein, es geht schon. Ich brauch nur eine Sekunde, ja?«

Nora studierte kurz ihr Gesicht im Spiegel. Rote Augen, rote Wangen, halb offene Lippen. Ein Gesicht nach der Beichte. Sie nahm ihre Brille ab, ließ kaltes Wasser über ihre Handgelenke laufen und wusch sich dann mit langsamen Bewegungen das Gesicht.

Malika hatte schon auf der Couch Platz genommen. Ihre einjährige Tochter, deren Namen sich Nora nie merken konnte, saß auf Mamas Schoß und quengelte. Nora schickte ein knappes Lächeln in die Richtung der beiden und nahm auf dem leeren Stuhl Platz.

»Entschuldigen Sie bitte, unsere Dolmetscherin war verhindert«, sagte Roswitha und suchte ihre Notizen über Malika Umarowa heraus. Nora sagte auf Russisch: »Unsere Dolmetscherin konnte nicht früher kommen.«

»Aber Norotschka ist doch unsere Dolmetscherin, oder? Und du bist ja hier?«, fragte Malika verwirrt. Nora setzte zu einer Erklärung an, beschloss aber, sich zurückzuhalten und Roswitha die Erklärung zu überlassen.

»Nein, ich meinte ja Frau Nora Kant«, sagte Roswitha und zeigte mit der Hand auf Nora. »Sie ist unsere Dolmetscherin und ist heute zu spät gekommen, weil sie vorher noch einen Termin hatte.«

Nora dolmetschte und zeigte mit der Hand auf sich selbst, um zu unterstreichen, dass es nun ausnahmsweise um sie, die Dolmetscherin, ging.

»Ach so. Kein Problem. Ich komme auch immer und überall zu spät. Heute bin ich nur zufällig rechtzeitig da gewesen, weil ich die Termine verwechselt hatte.«

Nora hätte Malika am liebsten umarmt.

»Ja, das habe ich schon gemerkt, dass Sie öfter zu spät kommen. Denken Sie, das liegt daran, dass Sie einen Widerstand gegen die Psychotherapie spüren?«

Nora dolmetschte :»Kann es sein, dass Sie keine Lust haben, hierherzukommen?«

Malika lachte, ihre Grübchen traten hervor.

»*Da njet!*«

Nora war nie sicher, ob dieses *da njet,* ein Widerspruch in sich, jetzt eigentlich Ja oder Nein oder doch so ein Pendant zu dem schönen deutschen Wort *Jein* war.

»Nein, gar nicht«, dolmetschte sie aufs Geratewohl, und prompt kannte sich auch Roswitha nicht mehr aus.

»Ich bin nicht sicher, ob ich Sie jetzt richtig verstanden habe. Sie kommen also gerne hierher?«

»*Da, konjeschno*«, sagte Malika und nickte heftig.

»Ja, natürlich«, sagte Nora und ahmte unwillkürlich Malikas Kopfbewegung nach.

»Das freut mich«, sagte Roswitha und warf einen Blick auf ihre Notizen.

»Also ... Wir haben letzte Stunde darüber gesprochen, dass Sie bald Ihre Einvernahme beim Bundesasylamt haben, wissen Sie das noch?«

Malika nickte.

»Und Sie meinten, Sie könnten sich nicht mehr an alle Details erinnern und würden gerne hier in der Stunde noch einmal Ihre ganze Fluchtgeschichte erzählen, damit wir die chronologische Abfolge rekonstruieren können, ja?«

Nora ließ *chronologisch* und *rekonstruieren* weg, gab aber den Inhalt von Roswithas Frage in etwa wieder. So ein präzises Kompositum wie *Fluchtgeschichte* gab es auf Russisch sowieso nicht.

Malika nickte schweigend. Roswithas Kopf kippte ein wenig nach links, ihre typische Pose, wenn sie auf eine Antwort wartete. Nora musste sich zwingen, ihren Kopf gerade zu halten und nicht dem Impuls nachzugeben, Roswithas Pose nachzustellen. Malika schwieg. Ihre honigfarbenen Augen fixierten einen Punkt zwischen Roswitha und Nora.

Roswitha wagte einen weiteren Vorstoß:

»Wir haben letztes Mal darüber gesprochen, wissen Sie noch? Um Asyl zu bekommen, müssen Sie stichhaltige Gründe vorweisen, die vom Bundesasylamt als Asylgründe anerkannt werden. Sie müssen beweisen, dass Sie aus politischen Gründen verfolgt wurden. Rein private Gründe reichen nicht.«

Nora war froh, dass ihr diesmal die russische Entsprechung für stichhaltige Gründe sofort einfiel – *uwaschiteljnye pritschiny*. Wörtlich bedeutete das *respektable Gründe*. Gleich im Anschluss an die letzte Stunde mit Malika hatte

Nora diese Wortverbindung im Internet recherchiert, weil ihr, als Roswitha das Adjektiv *stichhaltig* verwendet hatte, keine gute Übersetzung eingefallen war. In der Situation hatte sie die erstbeste Entsprechung genommen, die ihr in den Sinn gekommen war, *nastojaschije pritschiny, echte Gründe.* Malika war gekränkt gewesen und hatte mit zittriger Stimme erwidert: »Eine Vergewaltigung ist also kein echter Grund, meinen Sie?« Roswithas Erklärungsversuche waren ins Leere gelaufen, und nur Nora wusste, woran das lag, aber ihr fehlte das genaue Wort, um das Missverständnis aufzuklären, und sie hatte keine Lust gehabt, vor den beiden anderen das fehlende Wort nachzuschlagen. Ob ihre Unlust auf Eitelkeit oder auf Faulheit beruhte, hätte sie selbst nicht sagen können. Diesmal hatte sie den richtigen Ausdruck parat. Aus der Sicht des Asylrechts ist es also *respektabel*, wenn eine Frau von feindlichen Soldaten vergewaltigt wurde, *nicht respektabel* ist es aber, wenn der Vergewaltiger einer von den eigenen Leuten war, hatte Nora gedacht.

- schweigen -

Diesmal gab Nora Roswithas Gedanken präzise wieder, und Malika nickte verstehend. Dennoch fixierten ihre mandelförmigen Augen weiterhin diesen einen unsichtbaren Punkt, der ihre Aufmerksamkeit zu fesseln schien. Roswitha beobachtete Malika ganz genau und hoffte, dass weder Nora noch Malikas Baby die Stille unterbrechen würden. Schweigen konnte genauso aussagekräftig sein wie Sprechen, das hatte Roswitha im Laufe der Jahre gelernt. Sie vertiefte sich gerne in das Schweigen ihrer Klienten, um herauszufinden, was dahintersteckte. Manchmal schwieg jemand, weil er nach den passenden Worten suchte, oder weil er über etwas nicht sprechen wollte, oder sich dessen schämte, was es zu sagen gab. Es kam auch vor, dass jemand mit bebenden Lippen schwieg, weil er Angst hatte, in Tränen auszubrechen, sobald er den Mund aufmachte. Roswitha kannte das beredte Schweigen ebenso wie das verschwiegene, das erschöpfte wie auch das angespannte.

Malikas Schweigen war anders. Es war ein ruhiges, gesammeltes Schweigen. Sie schwieg wie jemand, der ganz bewusst einen Rückzug angetreten und alle seine Gedanken in einem verborgenen Punkt tief in seinem Inneren gebündelt hatte. Ihr Gesicht war konzentriert und abwesend zugleich. Roswitha beugte sich leicht nach vorne. Sie warf einen flüchtigen Blick auf Nora, die ihre eigenen, ineinander verkrampften Hände in ihrem Schoß fixierte. Roswitha war froh, dass Nora diesmal die Schweigepause respektierte und nicht mit irgendwelchen Worthülsen dazwischenfunkte, weil sie die Stille nicht ertrug. In einer ihrer wenigen Nachbesprechungen hatte Roswitha ihre Dolmetscherin eindringlich darum gebeten, Schweigepausen genauso anzuerkennen wie Sprechakte. Schweigen ist ein gleichberechtigtes Element in der Kommunikation, hatte Roswitha erklärt.

»Das halt ich kaum aus, wenn ihr euch so anschweigt. Wozu braucht ihr mich dann? Ich komme mir total überflüssig vor! Ich weiß dann gar nicht, wo ich hinschauen soll«, hatte Nora eingewendet. Roswitha hatte versucht, ihr zu erklären, dass man in einem psychotherapeutischen Gespräch Schweigepausen einfach aushalten musste. Besser gesagt, mittragen. Nora hatte nur skeptisch die Augenbrauen hochgezogen, aber offenbar hielt sie sich diesmal an die Abmachung.

Roswitha fragte sich, wo Malika mit ihren Gedanken wohl sein mochte. In der Vergangenheit, in der Zukunft, oder ganz woanders? Zwei Furchen hatten sich zwischen Malikas fein geschwungenen Augenbrauen gebildet, so als hätte die glatte Stirnfläche dem Druck der inneren Prozesse nachgegeben. Roswitha bemerkte aus dem Augenwinkel, dass Nora drauf und dran war, ihre Hand nach dem Wasserglas auszustrecken, es sich dann aber doch anders überlegte. Alle drei Frauen schienen die Luft anzuhalten, nur das Glucksen des Babys war zu hören. Es war dann auch das Baby, das die Stille zerriss, mit einem Winseln, das niemand außer Malika verstehen oder übersetzen konnte.

- träumen -

Dem Baby war langweilig, es brauchte Bewegung. Malika wippte mit den Knien, und das Baby beruhigte sich augenblicklich. Die honigfarbenen Augen waren wieder hellwach.

»Frau Roswitha, ich habe gestern etwas geträumt«, sagte Malika und riss Nora aus ihrer kurzen Starre.

»Ja?«, erwiderte Roswitha neugierig. Zwar gehörte sie nicht zu jenen Vertretern ihrer Zunft, die den Traum für den Königsweg zum Unbewussten hielten, aber sie hörte sich die Träume ihrer Klienten immer gerne an und genoss es, ohne schlechtes Gewissen drauflosspekulieren zu dürfen.

»Also ... Ich stehe in einer Küche«, begann Malika leise und lenkte ihren Blick wieder auf jenen Punkt, der anscheinend nur für sie sichtbar war.

»Ich stehe also in der Küche und backe Brot. Genauer gesagt, ich schneide Brot. In meiner linken Hand halte ich ein Stück Brot, aber es verwandelt sich ständig, es ist immer etwas anderes. Mal ist es ein Laib Schwarzbrot, dann ist es eine Semmel, eine *Bulotschka*, dann ein *Bublik*, dann wieder etwas anderes ...«

Nora wusste nicht, was sie im Deutschen mit dem *Bublik* machen sollte. *Bubliki*, die Kringel aus süßlichem Weißbrotteig, die sie so gerne in den Schwarztee getunkt hatte. Sie sagte einfach Brezel, um Roswitha nicht zu verwirren und um Malikas Redefluss nicht zu unterbrechen.

»In der rechten Hand habe ich ein Messer und schneide ein Stück von dem Brot ab und lege es auf einen Teller.

Der Teller verschwindet dann, und ich schneide wieder ein Stück ab, und wieder lege ich es auf den Teller, und wieder verschwindet der Teller. Ich frage mich dann, also im Traum frage ich mich, wo geht denn das viele Brot hin? Ich höre Stimmen aus einem anderen Zimmer, eine größere Gesellschaft, lachende Menschen, wie bei einer Hochzeitsfeier oder einem großen Fest. Aber ich weiß nicht, wer diese Menschen sind, ich weiß nur, ich muss mit der rechten Hand ein Stück vom Brot abschneiden, aber das Brot in meiner linken Hand verwandelt sich ständig, und der Teller ist sofort verschwunden, sobald ich das nächste Stück Brot drauflege.«

Kussok chljeba, Stück Brot, Malika legt besondere Sorgfalt in diese beiden Worte.

»Ich mache das also eine Zeit lang, ich weiß nicht wie lange, jedenfalls so lange, bis ich mich zu fragen beginne, warum das Brot sich in meiner Hand immer verwandelt. Und in dem Moment, als ich mich das im Traum gefragt habe, ist das Brot plötzlich weg, und stattdessen halte ich einen Fisch in der Hand. Aber nicht einen toten Fisch, sondern einen lebenden. Er ist groß und glänzend, er windet sich in meiner Hand und will entkommen, und ich ekle mich, ich schreie und lasse ihn zu Boden fallen, und er rutscht auf dem Boden herum, es ist ein Holzboden aus alten Brettern, wie auf einer *Datscha*, und plötzlich verschwindet er in einer Ritze zwischen zwei Brettern, er sickert einfach hinein wie Quecksilber.«

Rtutj, Nora hatte sich das kurze, eigentümliche Wort zufällig gemerkt, als sie sich einmal beim Fiebermessen so sehr in ein Buch vertieft hatte, dass sie das Thermometer in ihrer linken Achselhöhle vollkommen vergessen hatte. Als sie dann aufstand, fiel das Thermometer klirrend zu Boden, und Vladimir rief aufgeregt »*Ostoroschno, rtutj!*«, »Achtung, Quecksilber!«

»Und dann bin ich aufgewacht. Ich war schweißgebadet. Das Baby hatte mich nicht aufgeweckt, ich war ganz von allein wach geworden«, schloss Malika ihre Erzählung ab und blickte Roswitha in die Augen.

»Passiert es Ihnen öfter, dass Sie so schweißgebadet aufwachen?«

»Ja, immer wieder. Aber es ist für mich schwer zu sagen, wann ich von selbst aufwache und wann mich das Baby aufweckt. Normalerweise bin ich nach einem Alptraum schweißgebadet. Aber das war kein typischer Alptraum.«

Tipitschnyj koschmar. Nora fand, aus Malikas Mund klang *koschmar* geradezu exotisch, wie der Name eines Parfums, *Shalimar*.

»Und was sehen Sie in einem typischen Alptraum?«, fragte Roswitha vorsichtig.

»Das wollen Sie lieber nicht wissen«, antwortete Malika und presste ihre Lippen an die weiche Kopfhaut ihres Babys.

»Doch, selbstverständlich will ich das wissen. Aber Sie müssen natürlich nicht darüber sprechen.«

»Soldaten, Gewehre, Bomben ... das Übliche. Das, was Sie wahrscheinlich von allen Leuten hören, die zu Ihnen kommen. Ich frag mich manchmal, wie Sie das aushalten«, sagte Malika und lächelte.

»Machen Sie sich keine Sorgen, das ist eben mein Beruf, dafür bin ich ja da«, sagte Roswitha und lächelte ebenfalls. »Schauen wir uns doch Ihren Traum an, diesen untypischen, wie Sie meinen. Brot ist Essen, Nahrung, nicht wahr? Sie sind eine Ernährerin«, sagte Roswitha und zeigte mit einer Kopfbewegung auf das leise quengelnde Baby.

Nora wusste nicht, wie sie *eine Ernährerin* wiedergeben sollte, also sagte sie »Sie ernähren jemanden«.

»Ja, meine Tochter«, sagte Malika und legte ihre rechte Handfläche sanft auf das Babyköpfchen, während sie mit der linken Hand ihr hinten gebundenes Kopftuch abstreifte. Ihre kastanienbraunen Haare lösten sich und legten sich um ihr Gesicht. Ohne Kopftuch sieht sie viel jünger aus, dachte Nora und schaute auf das Klientendatenblatt, das auf dem Tisch lag. Mit Staunen stellte Nora fest, dass Malika erst dreiundzwanzig Jahre alt war. Nora hatte sie für eine Gleichaltrige gehalten.

»Und diese lachenden Menschen im anderen Raum ... Das wirkt so, als würden Sie sich ausgeschlossen fühlen. Sie sind allein in der Küche, während irgendwo draußen eine Gesellschaft ist. Fühlen Sie sich zurzeit einsam?«

»*Da njet!*«, lachte Malika und zeigte auf das Baby. »Wie soll ich mich einsam fühlen? Sie ist doch rund um die Uhr bei mir. Manchmal wünschte ich, meine Mutter wäre da und könnte mir das Baby für ein paar Stunden abnehmen, einfach damit ich mal kurz allein sein kann.«

»Das meine ich ja. Das Baby kann die Gesellschaft von Erwachsenen nicht ersetzen. Hilft Ihnen Ihr Mann eigentlich?«

»Ibrahim? Er schaut vorbei ... Er hat den Kinderwagen besorgt. Seine Frau erlaubt nicht, dass er öfter kommt. Sagt er zumindest. Aber er bringt mir Essen. Er besorgt die Windeln. Ich habe mich schon ziemlich von ihm entwöhnt ...«, sagte Malika leise.

»Seine Frau? Aber Sie sind doch auch seine Frau, oder nicht?«

»Das ist kompliziert, Frau Roswitha. Das kann ich Ihnen nicht in drei Sätzen erklären, wie das bei uns läuft. Genau genommen weiß es niemand. Alle tun so, als gäbe es klare Regeln, das Heiraten in der Moschee und so weiter, aber glauben Sie mir, jeder macht am Ende das, was er will. Und was er kann. Und womit er gerade noch durchkommt.«

»Haben Sie eigentlich von Anfang an gewusst, dass Sie die zweite Ehefrau sein werden?«, fragte Roswitha und versuchte, sich ihre Neugier nicht anmerken zu lassen. Malika war eine Klientin mit so vielen Baustellen, dass man gar nicht wusste, wo man nachbohren und was man fürs Erste lieber ruhen lassen sollte. Roswitha war sich im Unklaren darüber, ob Malikas eigentümlicher Familienstand in ihrer eigenen Wahrnehmung eine größere Komplikation war oder eher nicht.

»Gesagt hat er es mir nicht. Erst nach unserer Eheschließung in der Moschee. Aber ehrlich gesagt habe ich das gespürt. Eine Frau spürt so etwas. Ich habe mich aber dumm gestellt, weil es einfacher war, keine Fragen zu stellen. Vielleicht wollte ich es einfach nicht wissen. Vielleicht habe ich gedacht, wenn ich nur lange genug so tue, als wäre alles in Ordnung, dann würde es irgendwann wirklich so sein, wie ich es mir wünsche. Wie ein kleines Kind, das glaubt, wenn es die Augen fest zumacht, dann wird es selbst auch unsichtbar.« Malika lachte kurz und fuhr dann fort: »Meine ältere Schwester hat mir gesagt: Stell nicht zu viele Fragen, schau einfach, was passiert, denn ändern kannst du es sowieso nicht.«

Fake it, until you make it, dachte Nora.

Malika verstummte, und ihr Blick wanderte wieder zu ihrem unsichtbaren Punkt. Dann sprach sie weiter, und es klang, als würde sie zu sich selbst sprechen: »Hier ist das alles anders. Meine Sozialka versteht das nicht, niemand versteht das hier. Hier leben die Menschen anders. Oder auch nicht. Was weiß ich, was hinter den verschlossenen Türen hier passiert. Bei uns ist es jedenfalls so, dass von außen alles anders aussieht als von innen. Vielleicht ist es hier auch so …«

Roswitha räusperte sich, um Malika aus ihrer Versenkung herauszuholen.

»Kehren wir zu Ihrem Traum zurück. Was denken Sie, wofür steht der Fisch?«

»Der Fisch? Woher soll ich das wissen? Meine Großmutter hat uns Kindern oft ein Märchen erzählt von einem goldenen Zauberfisch, der einem Fischer und seiner Frau irgendwelche Wünsche erfüllt ... Aber das war kein solcher Zauberfisch. Es war einfach ein hässlicher, ekliger Fisch.« Malika schüttelte sich kurz, als würde der Ekel aus dem Traum sie wieder einholen.

»Dennoch, ein Zauberfisch, sagen Sie ... Wie sieht es mit Ihren Wünschen aus? Haben Sie zurzeit bestimmte Wünsche, die Sie beschäftigen?«

»Früher hatte ich Wünsche. Sehr viele Wünsche«, sagte Malika leise, und ihr Blick schien wieder von einer Zwischenwelt verschluckt zu sein. »Aber es hat sich herausgestellt, das Leben interessiert sich nicht für meine Wünsche.«

»Bei uns sagt man, das Leben ist kein Wunschkonzert«, sagte Roswitha. Nora dolmetschte, *bei uns sagt man, das Leben ist nicht ein Konzert, bei dem man sich ein Musikstück wünschen kann.* Malika nickte abwesend und sagte: »Bei uns sagt man, *schysnj proschytj nje polje perejti.*«

Nora dolmetschte, *das Leben ist nicht so wie ein Feld zu überqueren,* und fügte dann hinzu *Das Leben ist kein Spaziergang.*

»Wir haben im Deutschen einen Ausdruck, *Tagträumen.* Gibt es das im Russischen auch?«, fragte Roswitha und drehte den Kopf zu Nora.

»Nicht dass ich wüsste«, antwortete Nora. »Ich kenne jedenfalls nichts. Warte mal, ich versuche, es zu erklären.«

Nachdem Malika Noras Erklärung aufmerksam angehört hatte, sagte sie: »Ja genau. So ein Mädchen war ich früher.«

»Eine Tagträumerin?«, frage Roswitha.

»Eine Tagträumerin«, sprach Malika das neue Wort nach und lächelte. »Das werde ich meiner Lehrerin im Deutschkurs sagen, dass ich ein neues Wort gelernt habe. Eine Tagträumerin.«

- *rekonstruieren* -

Roswitha räusperte sich demonstrativ.

»Frau Umarowa, wir müssen jetzt aber wieder wegkommen von den Träumen und uns mit Ihrer Wirklichkeit beschäftigen. Sind Sie bereit?«

Malika nickte.

»Bald haben Sie eine weitere Einvernahme beim Asylgerichtshof. Es ist wichtig, dass Ihre Geschichte dort glaubwürdig klingt. Sie müssen dort Ihre Fluchtgründe genau schildern. Und auch Ihre Fluchtgeschichte. Ich schlage vor, über die Fluchtgründe sprechen wir das nächste Mal. Heute könnten wir uns auf Ihre Fluchtgeschichte konzentrieren.«

»Frau Roswitha. Das Wichtigste ist, dass hier niemand etwas von der Vergewaltigung erfährt. Sie sind die einzige Person, der ich das in Österreich erzählt habe. Meine Schwester und meine Mutter wissen es, und sonst niemand. Verstehen Sie das?« Malika sprach jedes Wort klar aus, und sie blickte Roswitha direkt in die Augen. Nora wiederum hatte ihren Blick fest an Malikas Lippen geheftet, um kein Wort zu verpassen.

»Bei uns ist eine Vergewaltigung eine Schande.«

»Bei uns auch«, warf Roswitha ein. »Für den Täter nämlich.«

»Dann haben Sie hier mehr Glück als wir. Mein Mann darf das nicht erfahren. Es darf niemals ein Brief von diesem Asylgericht kommen, in dem so etwas steht. Wenn mein Mann das erfährt, oder irgendjemand aus dem Heim so einen Brief liest, dann ...«

»Machen Sie sich keine Sorgen. Man kann es so organisieren, dass Ihre Sozialberaterin alle Briefe bekommt und Sie Ihre Post direkt bei ihr abholen. Das ist wirklich das geringste Problem. Wir sprechen das nächste Mal über Ihre Fluchtgründe ja? Konzentrieren wir uns jetzt auf Ihre Fluchtgeschichte. Also, wie sind Sie nach Österreich gekommen, wissen Sie das noch? Können Sie das genau nacherzählen? Wollen Sie es hier probieren, damit es Ihnen dann bei der Einvernahme leichter fällt?«

»Nicht so genau. Es war alles ein einziges Durcheinander ... Also, zuerst haben wir geheiratet, in einer Moschee, irgendwo in der Ukraine. Meine Verwandten haben mich mit dem Auto hingebracht. Danach sind wir in unser Dorf zurückgefahren, und Ibrahim ist nach Österreich gefahren. Er hatte ja schon Papiere in Österreich. Dann hat er mir Geld nach Hause geschickt. Das Geld habe ich einem Mann gegeben, der mich und eine vierköpfige Familie bis zur Grenze gefahren hat.«

»Welche Grenze?«

»Ich glaube, das war Polen.«

»Frau Umarowa, wissen Sie noch, ob man Ihnen dort die Fingerabdrücke abgenommen hat?«

»Ja. Wir wurden von der Polizei aufgegriffen und in ein Lager gebracht. Dort wurden unsere Daten aufgenommen, und wir mussten auch die Fingerabdrücke abgeben.«

»Gut. Das ist wichtig zu wissen. Sie wissen, sollte Ihr Asylantrag abgelehnt werden, würden Sie nicht nach Russland, sondern nach Polen abgeschoben werden, ja?«

»Ja. Das hat mir die Sozialka schon erklärt«, antwortete Malika nervös. »Ich darf nicht daran denken. Ich will nicht nach Polen. Dort gibt es so viele FSB-Leute, man kann keine Ruhe finden.«

Nora war nicht sicher, ob Roswitha mit der Abkürzung FSB für Föderaler Sicherheitsdienst Russlands etwas anfangen konnte, also sagte sie *russische Geheimdienstler*.

Das Baby wurde immer unruhiger, sein Quengeln immer lauter, und innerhalb von wenigen Sekunden war der Raum vom Babygeschrei erfüllt. Malika schaukelte das Baby, legte es kurz auf die Couch, hob es wieder hoch und ging ein paar Schritte im Raum auf und ab, aber nichts half. Das kleine Mädchen brüllte immer lauter, bis Malika schließlich sagte: »Es tut mir leid, das ist unmöglich, ich muss mit ihr hinaus auf die Straße.«

Sie legte das schreiende Kind in den Kinderwagen, band mit wenigen geschickten Bewegungen ihr olivgrünes Kopftuch am Hinterkopf zusammen, verabschiedete sich mit einem schwachen, raschen Händedruck zunächst von Nora, dann von Roswitha und schob den Kinderwagen aus dem Raum. Roswitha kritzelte schnell den nächsten Termin auf einen Post-it-Zettel und eilte ihr hinterher. Sie drückte Malika den Zettel in die Hand und sagte: »Bitte kommen Sie das nächste Mal pünktlich.« Malika nickte mehrmals und lächelte. Sie nickte auch Erika zu, die angesichts des Geschreis eine mitfühlende Grimasse zog und kurz winkte.

Malika schob den Kinderwagen bis zum Lift und drückte auf den Knopf. *Schschsch ...* Sie schaukelte den Kinderwagen leicht. Nichts half. Malika war trotzdem dankbar für das Geschrei. Eine weitere Vertiefung in ihre Fluchtgründe und ihre Fluchtgeschichte hätte sie nicht ausgehalten. Nicht alles auf einmal. Stück für Stück. Jede Stunde ein bisschen mehr. Daheim hatte sie schon versucht, die Daten und die Ereignisse für sich selbst auf einem Notizblock festzuhalten, aber sogar an dieser einfachen Aufgabe war sie gescheitert. Wie notierte man Vergewaltigung? Noch dazu Vergewaltigung durch einen Nachbarn? Kein maskierter Soldat, kein russischer Uniformierter, sondern schlicht und ergreifend der Nachbar? Was würde passieren, wenn man diese Worte auf einen Notizblock schrieb? Wie würde das aussehen? Krieg, ja, das auch. Armut, selbstverständlich. Das betraf alle. Aber wie konnte sie einem Asylbeamten erklären, dass es für sie selbst nicht länger möglich war, dort zu bleiben, wo sie gewesen war? Und dass es dort, wo sie herkam, nicht möglich war, einfach so die Koffer zu packen und in die nächstgrößere Stadt zu ziehen? Dass die radikalste Lösung manchmal die naheliegende war? Dass es aus familiären Gründen leichter war, sich illegal nach Wien durchzuschlagen, zu einem unbekannten, aber rechtmäßigen Ehemann, als legal nach Grosny zu ziehen und sich dort ein neues Leben aufzubauen? Malika schob den Kinderwagen in den Lift und drückte auf den Knopf. Erdgeschoss. Auf der Straße beruhigte sich das Baby, und Malika spürte, dass ihr Brustkorb sich auch wieder ruhiger anfühlte. Sie ging bis zur nächsten Straßenecke und bog dann nach links ab in Richtung U-Bahn-Station. Das Baby war inzwischen ganz still und beobachtete aus seinen großen hellbraunen Augen aufmerksam die Gegend. Malika machte einige tiefe Atemzüge. Die Einvernahme war ja nicht schon morgen. Sie hatte noch ein bisschen Zeit.

- nicht reden -

»So. Nora. Was ist mit dir heute?«, fragte Roswitha.

»Heute? Nichts. Wieso?«, antwortete Nora und nahm einen großen Schluck Wasser.

»Dann sage ich es anders: Was ist allgemein bei dir los? Möchtest du über irgendetwas sprechen? Über die Arbeit hier? Oder gerne auch über etwas anderes, das dich bedrückt.«

Nora nahm noch einen Schluck, überlegte kurz und antwortete dann: »Danke für dein Angebot. Weiß ich zu schätzen. Reden wir vielleicht ein anderes Mal? Jetzt bin ich zu müde. Es gibt eh nichts Bestimmtes zum Reden. Ich glaub, ich bin einfach müde.«

»Nur heute müde oder allgemein müde?«

»Heute. Allgemein. Weiß nicht.«

»Okay, ich seh schon, heute ist nicht mein Tag. Kein Mensch will mit mir reden. Vielleicht habe ich meinen Beruf verfehlt?«

Ein verlegenes Schweigen trat ein, bis beide Frauen gleichzeitig in Lachen ausbrachen. Lachten sie über Roswitha oder über Roswithas Witz? Sie wussten es beide nicht. Als der Lachanfall vorüber war, sah Roswitha sich genötigt, eine erklärende Bemerkung über den gemeinsamen Lachanfall abzugeben: »Das kommt daher, dass wir offenbar unter Druck stehen. Diese Geschichten sind ja nicht ohne. Man unterschätzt das. Lachen ist ein Ventil.«

Nora nickte. »Ja. Schon heftig, alles ...« Sie setzte an, noch etwas zu sagen, aber dann beschloss sie, einfach mal zu schweigen und zu spüren, wie sich eine angenehme

Leere in ihrem Kopf breitmachte. Sie nahm ihre Brille ab und rieb sich ausgiebig die Augen. Dann gähnte sie herzhaft, streckte ihre Arme nach oben aus und ließ sie langsam seitlich hinuntergleiten, wobei sie eine große Kreisbewegung beschrieb.
»Ich geh wieder übersetzen, okay?«
»Passt. Und ich schreibe einen Befundbericht fertig.«

- rauchen -

In der Teeküche ließ sich Nora in den grünen Sessel fallen, der auch schon bessere Zeiten gesehen hatte, und legte die Füße auf den Tisch, neben den alten Laptop. Manchmal brauchte man wirklich nicht viel zu seinem Glück, dachte sie und wollte sich eine Zigarette anzünden, aber dann fiel ihr ein, dass sie ihr kleines Büroglück noch steigern könnte. Sie stand auf und machte sich einen Filterkaffee. Die Milch im Kühlschrank war noch frisch, Zucker war auch da. Wieder im Sessel mit den Füßen auf dem Tisch, in der linken Hand die Kaffeetasse, in der rechten die brennende Zigarette, spürte Nora, wie mit jeder Rauchwolke etwas von der Anspannung aus ihrem Körper wich. Einatmen, ausatmen. Einatmen, ausatmen. Sie versuchte, so wie Malika einen Punkt im Raum zu fixieren, aber es gelang ihr nicht. Ihr Blick heftete sich an die Glut, die, wenn Nora an der Zigarette zog, sich immer weiter durch das weiße Papier fraß und sich Noras Gesicht näherte. Dann folgte ihr Blick den Rauchschwaden, die elegante Bewegungen im Raum vollführten, bevor sie sich allmählich in nichts auflösten. Noras Lippen formten ein O, und ein perfekter Rauchring stieg auf. Nora sah ihm aufmerksam zu, bis auch er im Nichts verschwand. Dann drückte sie die Zigarette im Aschenbecher aus.

- nicht kommen -

Nora hätte nicht sagen können, wie lange sie an der Übersetzung der Fallberichte gearbeitet hatte, als es an der Tür klopfte und Roswitha ihren Kopf durch die Tür steckte.
»Alles klar bei dir? Frau Sultanowa sollte schon hier sein. Rufst du bitte an? Sie ist normalerweise pünktlich, vielleicht ist etwas dazwischengekommen. Wenn sie heute doch nicht kommt, dann könnten wir jetzt schon nach Hause gehen.«
Nora drückte auf die Speichertaste und löschte ihre Zigarette.
»Komme!«
Im Bürozimmer musste Nora kurz warten, bis Erika ihr Telefonat beendet hatte. Erika sprach langsam und betonte jedes Wort. Offenbar erklärte sie einem Klienten, der einigermaßen Deutsch sprach, wie es weitergehen würde:
»Ich habe jetzt alle Ihre Daten aufgenommen. Das heißt, Sie sind bei uns angemeldet. Sie sind registriert, verstehen Sie? Jetzt stehen Sie auf der Warteliste. Wenn ein Therapieplatz für Sie frei wird, werden wir uns melden. Das kann aber lange dauern, bis zu einem halben Jahr. Sie verstehen? Jetzt müssen Sie noch warten. Ein bisschen Geduld, ja? Ich danke Ihnen. Wir werden uns bei Ihnen melden. Verlässlich! Auf Wiedersehen! Alles Gute inzwischen!«
»Alle Achtung, dass du um die Uhrzeit noch so viel Freundlichkeit aufbringen kannst ...«, wunderte sich Nora.
»Freundlichkeit ist das einzige, was ich den Leuten bieten kann. Ehrlich gesagt glaube ich, dass die Wartezeit für

ihn ungefähr bei einem Jahr liegen wird. Aber das wollte ich ihm nicht sagen, sonst ist er vielleicht ganz demotiviert. So, da hast du den Hörer.«

Während Nora die Telefonnummer wählte, die auf Frau Sultanowas Datenblatt stand, räumte Erika ihren Schreibtisch auf.

»Das Telefon ist abgeschaltet«, sagte Nora zu Roswitha.

»Kannst du aufs Band sprechen?«

»Nein, die Mailbox geht nicht an.«

»Dann probier's bitte mit der zweiten Telefonnummer, vom Heim.«

Während Nora die zweite Nummer wählte, zog sich Erika ihre Jacke an. Nora ließ es sieben Mal läuten und wollte schon auflegen, als sich schließlich eine Stimme am anderen Ende meldete.

»Wohnheim der Diakonie, Leitner am Apparat, was kann ich für Sie tun?«

»Moment, ich gebe gleich weiter«, sagte Nora, als ihr einfiel, dass sie nicht dolmetschen musste. Sie reichte Roswitha den Hörer und ging zu Erika, die schon an der Tür stand.

»Bist du schon dahin?«, sagte Nora. Es war mehr eine Feststellung als eine Frage.

»›Schon‹ ist gut. Bin ja seit acht Uhr hier. Bernhard holt mich in einer Viertelstunde ab. Ich muss vorher noch Blumen für die Gastgeberin besorgen. Wir sind eingeladen.«

»Stimmt, hast du gesagt. Dann wünsch ich dir noch einen schönen Abend. Hey, und noch mal danke für heute«, lächelte Nora.

»Nichts zu danken, meine Liebe. Wann bist du das nächste Mal wieder da? Am Mittwoch? Dann reden wir mal länger, ja?«

Erika hatte schon die Tür aufgemacht, als Roswitha sagte: »Wisst ihr was?«

Erika und Nora drehten sich zu Roswitha um. Sie hielt noch den Telefonhörer in der rechten Hand.

»Frau Sultanowa wurde heute abgeschoben.«

Es blieb einige Sekunden still, bis Erika die Tür wieder schloss.

»Was? Wohin?«, fragte Erika.

»Nach Polen, nehme ich an. Die Polizei war heute im Heim und hat die ganze Familie abgeholt.«

Roswitha legte den Hörer auf. Nora war nicht sicher, ob sie sich bloß einbildete, dass Roswithas Hand leicht zitterte.

»Und was machen wir jetzt?«, fragte Nora.

»Wir? Wir machen jetzt gar nichts«, sagte Roswitha und ließ sich auf Erikas Bürostuhl nieder. »Nora, gib mir einfach eine Zigarette. Bitte.«

Nora ging wortlos in die Teeküche und kam mit ihrer Zigarettenpackung zurück.

»Danke. Ich weiß eh, hier darf man nicht rauchen, aber wir machen jetzt eine Ausnahme, ja?«, sagte Roswitha zu Erika.

Erika nickte und machte ihre große Schublade auf. Wortlos stellte sie eine Flasche Birnenschnaps und drei kleine Schnapsgläser auf den Tisch.

»Wenn schon Ausnahme, dann richtig«, sagte sie, während sie den Schnaps einschenkte.

»Wo kommt das denn her?«, fragte Nora, während sie ihr Glas in die Hand nahm.

»Lange Geschichte. Das brauchen wir jetzt. Also dann, Mädels. Trinken wir«, sagte Erika und hielt ihr Glas kurz in die Höhe. Alle drei tranken den Inhalt ihres Glases in einem Zug aus.

»Und was machen wir jetzt?«, fragte Nora noch einmal reflexartig.

»Ich sagte doch schon, wir machen jetzt gar nichts. Wir können gar nichts machen. Das ist ja das Problem«, sagte

Roswitha mit festerer Stimme. Erika schenkte eine zweite Runde ein, während Nora zwei Stühle zum Tisch holte. Jetzt saßen alle drei.

»Nora, weißt du noch, wie Frau Sultanowa in den letzten Stunden immer wieder erzählt hat, dass sie so viel Angst hat, abgeschoben zu werden? Sie hat erzählt, dass im Heim irgendwelche Gerüchte kursierten, von wegen die Polizei würde jetzt härter durchgreifen. Ich habe gedacht, sie übertreibt, weißt du noch? Ich habe ihr gesagt, sie soll sich mehr entspannen, damit sie wieder durchschlafen kann.«

Nora nickte. Sie erinnerte sich an die Entspannungsübungen, die Frau Sultanowa, eine schweigsame, zierliche Mittvierzigerin mit streng zurückgebundenem Haar und einem Kopftuch, das wie ein Haarband aussah, eher widerwillig über sich hatte ergehen lassen.

»Man bekommt so viel mit von einem Menschen, und dann ist derjenige einfach weg, und man sieht ihn nie wieder im Leben«, sagte Nora, mehr zu sich selbst als zu den anderen.

»Ja, in einer Therapie erfährt man in kurzer Zeit recht viel über einen Menschen. Der Abschied von einem Klienten ist nie ganz einfach, aber wenn jemand abgeschoben wird, dann ist das ... So einen Abschied muss man doch vorbereiten können. Frau Sultanowa muss jetzt völlig unter Schock stehen. Ich darf mir das jetzt gar nicht ausmalen ...«, sagte Roswitha und trank noch einen kleinen Schluck.

»Mach dir nicht so viele Sorgen. Polen ist ja nicht Tschetschenien. In Polen gibt's auch Heime und Psychologen und Sozialarbeiter. Ist ja nicht das Ende der Welt. Das passiert schon mal. Vor zwei Wochen hatten wir auch so einen Fall. Und im Februar auch«, beschwichtigte Erika und wollte Roswitha ein drittes Mal einschenken, aber Roswitha wehrte ab.

»Für mich ist das eine Katastrophe. Das habe ich nicht erwartet. Ich muss das alles erst verdauen. Das ist mir noch nie passiert, dass mir ein Klient mitten in der Therapie einfach abhanden kommt. Zack, und weg. Ich habe in der Supervision von solchen Fällen gehört, aber ich hätte nie gedacht, dass es jemanden von meinen Klienten treffen könnte.«

Nora wollte irgendetwas sagen, ihr fiel aber nichts ein.

»Ich frag mich sowieso immer, was ihr da eigentlich macht, hinter den verschlossenen Türen«, schaltete Erika sich ein. »Das stell ich mir total schwiwig vor, mit der Sprache. Muss ja mühsam sein, dass immer alles übersetzt werden muss, oder?«

Nora und Roswitha tauschten Blicke aus.

»Mühsam ist es schon«, sagte Roswitha.

»Und aufreibend«, fügte Nora hinzu.

»Geht da nicht total viel verloren? Wortspiele, Bilder, irgendwelche Anspielungen, was weiß ich ... Ich stell mir das wirklich schwiwig vor. Funktioniert das überhaupt, so mit Dolmetscher?«, bohrte Erika nach.

»Kann ich nicht beurteilen. Nicht wirklich. Für mich wirkt's die meiste Zeit ziemlich reibungslos«, sagte Roswitha. »Oder? Was sagst du, Nora?«

»Täusch dich da mal nicht. Nur weil's für dich reibungslos wirkt, heißt es noch lange nicht, dass nichts verloren geht«, lachte Nora.

»Was machst du zum Beispiel, wenn du ein Wort nicht verstanden hast?«, wollte Erika wissen.

»Berufsgeheimnis!«, sagte Nora aufgesetzt geheimnisvoll und zeigte mit dem Kinn auf die Flasche. »Bitte, noch einen Schluck. Einen ganz kleinen.«

- *gehen* -

Erika stand auf: »So, meine Lieben. Ich muss jetzt los. Sperrt ihr zu?«

»Warte kurz, wir gehen auch«, sagte Roswitha und nahm ihre Handtasche.

Nora sammelte die Schnapsgläser ein und trug sie in die Teeküche zum Waschbecken. Wenige Minuten später standen alle drei aufbruchbereit vor der Tür. Erika sperrte die Tür ab.

»Gehen wir zu Fuß?«, schlug Erika vor. Die beiden anderen nickten. Im ersten Stock kam ihnen Jusuf entgegen.

»*Privjet*, Jusuf!«, rief Nora dem Kleinen zu.

»*Privjet*«, antwortete Jusuf und schaute verlegen auf seine Micky-Maus-Socken.

»Ihr kennt euch?«, fragte Roswitha.

»Flüchtig«, lächelte Nora und strich Jusuf über den Kopf.

»Dein Papa ist jetzt daheim, oder?«, fragte Nora.

»Ja. Meine Schwester auch«, antwortete Jusuf, drehte sich unvermittelt um, lief zur blassgrünen Tür, griff nach der Türklinke und verschwand im Zimmer.

Einige Meter neben der Eingangstür stand ein dunkelhaariger, etwa fünfzigjähriger Mann, großgewachsen und eher muskulös, allerdings mit einem deutlichen Bauchansatz.

Erika ging auf ihn zu. »Du bist schon hier?«

»Ja, wir haben heute im Büro früher Schluss gemacht.«

»Dafür waren wir heute etwas länger beschäftigt«, sagte Erika und winkte die beiden anderen näher.

»Du hättest ruhig raufkommen können. Die Leute im Haus beißen nicht! Schau, das sind Roswitha und Nora. Darf ich vorstellen? Das ist Bernhard.«

Bernhard streckte die Hand aus und begrüßte die beiden Frauen. Er wirkte verlegen.

»Schatz, du hast die Blumen nicht besorgt?«, fragte er Erika leise.

»Keine Sorge, wir kommen schon noch rechtzeitig hin. Wo parkst du?«

Dann, zu Roswitha und Nora gewandt: »Ich muss jetzt los. Also dann, schönen Abend euch beiden!«

Erika hakte sich bei Bernhard unter, und die beiden verschwanden um die Ecke.

Noch bevor eine unangenehme Pause entstehen konnte, ergriff Roswitha die Initiative: »Nora, lass uns bald was ausmachen, damit wir mal länger plaudern können. Muss nicht im Büro sein, gerne auch in einem Lokal. Oder wir essen bei mir daheim. Ich frag dich lieber gar nicht, ob du jetzt noch etwas trinken magst, ich sehe, du bist genauso erledigt wie ich. Ist es für dich in Ordnung, wenn wir ein anderes Mal das alles hier besprechen?« Sie machte eine vage Handbewegung zum Gebäude, als wäre es auch mitgemeint, *das alles hier.*

»Klar. Komm gut nach Hause. Wir telefonieren, ja? Oder sehen uns spätestens in einer Woche wieder hier und machen uns was aus.«

Sie küssten sich zum Abschied auf die Wange, und Roswitha verschwand in dieselbe Richtung wie Erika. Nora begab sich in die entgegengesetzte Richtung zu ihrem Fahrrad.

- heimfahren -

Nora sperrte ihr Fahrradschloss auf. Sie trat mit dem linken Fuß auf die Pedale und holte mit dem rechten Bein Schwung, um den rechten Fuß über den Sattel zu hieven, als sie aus dem linken Augenwinkel eine überfahrene Taube erblickte. Angewidert drehte sie unwillkürlich den Kopf ab, verlor das Gleichgewicht und landete mit voller Wucht auf dem Asphaltboden.

Sie blieb liegen und widerstand dem Impuls, sich sofort hochzurappeln. Erst mal nur daliegen und spüren, ob alles in Ordnung war. Mit der rechten Hand tastete sie ihre Brille ab und stellte erleichtert fest, dass nichts gebrochen war und die Bügel nicht verbogen waren. Als sie zum Aufstehen bereit war, zählte sie noch einmal von einundzwanzig bis Null, bevor sie sich langsam aus ihrer misslichen Lage befreite.

Wieder auf den Beinen kramte sie in ihrer Handtasche nach dem Handy. Erst jetzt merkte sie, dass ihre Hände zitterten. Und nicht nur die Hände, sondern auch die Knie. Instinktiv machte sie ein paar Schritte auf den großen Baum in ihrer Nähe zu und lehnte sich mit den Rücken an die raue Baumrinde. Einatmen, ausatmen. Einatmen, ausatmen. Sie fuhr noch einmal mit der Hand in ihre Tasche, diesmal ruhiger, und holte ihr Handy heraus. Zum Glück hatte sie sich die Telefonnummer eines Taxiunternehmens eingespeichert, sie wurde sofort verbunden und nannte die Adresse. Dann zündete sie sich eine Zigarette an und konzentrierte sich nur darauf, ihren Atem zu beruhigen. Vorsichtig tastete sie ihre linke Wange ab. Sie war aufgeschürft und schien leicht zu bluten. »Scheiße ... Was für eine Scheiße ...«, flüsterte sie. Als das Taxi kam, sperrte sie ihr Fahrrad ab und bemerkte, dass sich die Lenkstange verbogen hatte. Auch das noch.

Sie stieg hinten ein und hoffte inständig, einen schweigsamen Fahrer erwischt zu haben.

»Hey, was ist mit deinem Gesicht los? Alles in Ordnung?«, fragte der Fahrer, sobald sie die Tür zugeschlagen hatte.

»Ja, alles in Ordnung, nichts passiert. Bin nur vom Rad gefallen.«

»Nur vom Rad gefallen? Das ist aber nicht gerade nichts«, ließ der Fahrer nicht locker und machte keine Anstalten, den Kopf wieder nach vorne zu drehen.

»Halb so schlimm!«

Nora schaute ihn direkt an. Er musste etwa in ihrem Alter sein. Dunkle Haare, dunkle Augen, dunkle Haut. Nora wusste, wenn er sie jetzt noch ein paar Sekunden länger mit seiner Wärme und Fürsorge traktierte, würde sie an Ort und Stelle losheulen. Also sagte sie, so kühl wie möglich: »Hast du Musik? Bitte.«

»Na gut. Wie du meinst. Wenn ich dich in ein Krankenhaus fahren soll oder so, brauchst es nur sagen.«

»Nein, passt schon. Ich will nur nach Hause.«

Nora nannte ihre Adresse, der Taxifahrer schaltete seine Musikanlage ein und fuhr los. Die unverkennbare Stimme von Gnarls Barkley füllte den Innenraum des Autos. Nora ließ sich in ihren Sitz fallen und schloss die Augen.

I remember when
I remember, I remember when I lost my mind
There was something so pleasant about that place
Even your emotions have an echo in so much space.

And when you're out there, without care
Yeah I was out of touch
but it wasn't because I didn't know enough
I just knew too much

Does that make me crazy?
Does that make me crazy?
Does that make me crazy?
Possibly

Nora ertappte sich dabei, dass sie die vertraute Melodie mitsummte und mit den Fingern den Rhythmus schnippte. Das feine Vibrieren in ihrer Kehle beruhigte sie. Der Taxifahrer sang laut mit und wippte mit seinem Kopf. Nora ließ sich von seinem Enthusiasmus anstecken. Sie sang die restlichen Strophen ebenfalls laut mit.

And now that you are having the time of your life
Well think twice
That's my only advice

Come on now, who do you
Who do you, who do you
Who do you think you are?
Ha ha ha, bless your soul
You really think you're in control?
Well

I think you're crazy
I think you're crazy
I think you're crazy
Just like me

My heroes had the heart
To lose their lives out on a limb
And all I remember, is thinking
I wanna be like them
Mm hmm ever since I was little
Ever since I was little it looked like fun
And it's no coincidence I've come
And I can die when I'm done

Maybe I'm crazy
Maybe you're crazy
Maybe we're crazy
Probably

An der nächsten Ampel drehte sich der Taxifahrer nach hinten zu Nora.
»Hat Madame bestimmte Wünsche?«
»Nein. Dieses Lied ist genau richtig. Perfekt. Bitte einfach noch einmal ... geht das?«
»Klar«, sagte der Taxifahrer, programmierte die Musikanlage auf Wiederholung und fuhr los.
Nora wusste nicht, wie oft sie das Lied noch angehört und mitgesungen hatten, bis das Taxi vor ihrer Haustür Halt machte. Die Musik verstummte, und das Licht ging an.
»Das macht dreizehn Euro fünfzig.«
»Fünfzehn«, sagte Nora holte die genaue Summe aus ihrer Geldtasche.
»Mit dir ist echt alles in Ordnung, ja?«, fragte der Taxifahrer, als sie sich daranmachte, die Tür zu öffnen.
»I think I'm crazy«, lachte Nora.
»Ich mein's ernst. Deine Wange schaut echt beschissen aus.«
Nora strich vorsichtig mit der linken Hand über ihre Wange. Es brannte und fühlte sich geschwollen an.

»Wird schon wieder. *Terpi kosak, ataman budesch*«, murmelte sie.

»Halte durch, Kosake, so wirst du Ataman. Hat meine Mutter auch immer gesagt, wenn ich mich gestoßen hab. *Ty goworisch po-russki?*«, fragte der Taxifahrer überrascht.

Nora lachte: »Na so was! Das hätt ich jetzt aber nicht gedacht.«

»Doch, doch. Meine Familie ist aus dem Aserbaidschan.«

Der Taxifahrer streckte seine Hand aus: »Achmed.«

»Nora.«

»Schau, da hast du meine Visitenkarte. Wenn du mal mitten in der Nacht ein Taxi brauchst oder so. Es gibt ja so viele Verrückte in der Stadt ...«

»Ja genau, lauter Verrückte ... Crazy ... Anwesende immer ausgenommen«, lachte Nora und nahm die Karte entgegen. »Danke!«

Nora winkte leicht, als das Auto um die Ecke verschwand.

- heimkommen -

Nora schleppte sich die vier Stockwerke hoch.
»*Privjetik!*«, sagte sie leise zu ihrer Pflanzenkompanie.
Sie machte das Licht an, zog ihre Jacke aus und ließ sie zu Boden gleiten. Ein Blick in den Badspiegel, und ihr war klar, warum Achmed »echt beschissen« gesagt hatte.

Ihr Telefon läutete, und sie holte es aus der Tasche. Es war Max. Sie ließ es läuten und schrieb ihm dann eine SMS: »Kann gerade nicht telefonieren, rufe dich morgen an, ok? Den Eltern schöne Grüße!« Max antwortete: »Eltern sauer, dass du nie anrufst. Meld dich morgen verlässlich, ja? Schönen Abend!« »Ja, mach ich! Euch auch einen schönen Abend!«, antwortete sie.

Das Telefon läutete wieder. Diesmal war es ein Skype-Videoanruf, Olja war dran. Diesmal hob sie ab: »Oljetschka! Ich wollte dich auch schon anrufen!«

»Norotschka! Hey, sag mal, wie schaust du denn aus? Was ist mit deinem Gesicht?«

»Ach, nichts, ich bin vom Fahrrad gefallen. Aber nichts Schlimmes.«

»*Terpi kosak, ataman budesch ...*«

»Ich wusste, dass du das sagen wirst«, grinste Nora. »Erzähl mal, wie geht es dir?«

»Ach, nichts Besonderes. Ich habe nur gedacht, wir könnten uns bald treffen, in Wien oder in Petersburg, oder wie wär's, wenn wir ganz woanders hinfahren? Auf die Krim?«

»Oljetschka, auf die Krim? Ausgerechnet? Das ist jetzt aber nicht dein Ernst, oder?«

»Doch, wieso nicht? Total billige Flüge.«

Nora überlegte, ob sie genug Energie für eine Diskussion hatte. Die Antwort war eindeutig *Njet*.

»Reden wir in ein paar Tagen? Ich weiß noch gar nicht, wann ich hier frei habe, muss ich noch organisieren, dann sag ich dir Bescheid, ja?«

»Arbeitest du noch mit diesen Tschetschenen?«

»Ja.«

»Das verstehe ich nicht. Würde ich an deiner Stelle nie machen. Hast du nicht Angst, dass da Terroristen darunter sind? Denk doch an Beslan und die Geiselnahme in Nord-Ost, und die Sprengungen der Wohnhäuser ... Also, ich weiß nicht, Norotschka, ich würde mich von denen echt fernhalten. Kannst du in Wien keinen anderen Job finden mit Russisch? Da muss es doch vor neureichen Russen nur so wimmeln, oder?«

»Olja«, setzte Nora an, »reden wir ein anderes Mal über den Job, okay? Am besten, wenn wir uns treffen.«

»Wieso? Ist es gefährlich, über Skype darüber zu sprechen? Bist du jetzt paranoid geworden, oder was? Glaubst du, dein Computer wurde auch von den Russen gehackt?«, lachte Olja.

»Ach was. Ich bin einfach total erledigt. Es war ein langer Tag. Wir reden ein anderes Mal darüber, ja?«

»Ich seh schon, du bist nicht so redselig heute ...«

»Ich hab heute so viel geredet und kaum was gesagt. Absurder Job.«

»Hey, bevor ich's vergesse. Ich habe letzte Woche bei einem Abendessen Vladimir getroffen. Er hat gesagt, ich soll dich grüßen.«

Nora schwieg kurz und sagte dann: »Danke. Grüße zurück.«

»Also dann, Norotschka, erhol dich gut, und melde dich wieder, wenn du Zeit hast. Dann planen wir was für den Sommer, ja? Musst du morgen arbeiten?«

»Ich sollte. Deutschkurs für syrische Flüchtlinge. Aber ich glaube, ich melde mich krank. Mit so einer Wange brauch ich mich nicht vor die Leute hinstellen, oder?«

»Du und deine Flüchtlinge. Das scheint ja jetzt eine richtige Industrie bei euch zu sein!«

»Allerdings. Ich weiß gar nicht, was Leute wie ich ohne die Flüchtlinge täten.«

»Leute wie du?«

»Na, irgendwelche Geisteswissenschaftler, die von allem ein bisschen Ahnung haben, aber nichts richtig gut können ... Mit den Deutschkursen kann sich unsereins perfekt über Wasser halten. Die Deutschkursindustrie ist unsere Rettung, sag ich dir. Unser Stück Brot, *kussok chljeba*. Du als Ingenieurin kannst dir das gar nicht vorstellen.«

»Doch, ich als Ingenieurin kann mir das sehr wohl vorstellen, stell dir vor ... Wir reden ein anderes Mal, erhol dich gut. *Zeluju!*«, sagte Olja, und ihre Lippen formten ein Küsschen.

»*Zeluju!*«, antwortete Nora und schickte ebenfalls einen Kuss in die Kamera.

Nora ließ sich seufzend auf die Gästecouch fallen und schob mit dem Fuß einige Bücher beiseite, die dumpf auf dem Boden aufprallten. Sie rieb sich die Augen. Dann griff sie mit der linken Hand nach unten und hob ein Buch vom Boden hoch. Es war *Ein Kirschbaum im Winter* von Yasunari Kawabata. Das Buch hatte sie vor mehreren Wochen bei einem Flohmarkt an der Universität um läppische zwei Euro erstanden. Wegen des Flohmarkts hatte sie sich zum Projekttreffen verspätet, was den Kollegen anscheinend unangenehm aufgefallen war. Nora betrachtete den Einband des abgewetzten dtv-Taschenbuchs. Eine rote Sonne schwebte über einer bläulichen Baumkrone. Neben dem Baumstamm waren goldfarbene Getreideähren angedeutet. Lesen oder nicht lesen? Lesestreik brechen oder aufrechterhalten? Nora drehte das Buch um und las hinten ein Zitat aus einer Rezension der Neuen Zürcher Zeitung: »*Es ist die von Schönheit durchwirkte, vom Buddhismus geprägte Todessehnsucht, die dem Werk seine eigene dunkle Note verleiht.*«

Es reizte sie ungemein, das Buch aufzuschlagen und in den japanischen Kosmos einzutauchen. Nicht lesen ist auch keine Lösung, sagte sie zu sich selbst und schlug die erste Seite auf:

Ogata Shingo, die Brauen zusammengezogen, den Mund leicht geöffnet, schien über etwas nachzudenken. Fremde hätten es vermutlich nicht für ein Nachdenken gehalten, hätten gemeint, ein Kummer bedrücke ihn.

Nora lächelte. Die Vorfreude auf ein gutes Buch – dieses Gefühl hatte sie in den letzten Wochen vermisst. Sollte sie jetzt mit dem Rauchen aufhören, um wieder ein Gleichgewicht der Süchte herzustellen? *Njet*, beschloss sie. Kein Entweder-Oder, sondern ein Sowohl-als-Auch. Sie rappelte sich hoch, holte ihre Zigarettenpackung aus der Tasche und legte sie auf das Buch. Dann ging sie ins Badezimmer, putzte sich die Zähne, begutachtete noch einmal genau ihre Wange. Es sah nicht schön aus, aber es sollte schnell verheilen.

- einschlafen -

Nora kehrte zur Couch zurück, hob das Buch und die Zigaretten hoch, nahm mit der anderen Hand den Aschenbecher und ging zum Bett. Hastig streifte sie ihre Kleidung ab, faltete sie halbherzig zusammen und zog sich ihren Pyjama an. Normalerweise rauchte sie nicht im Bett, sie wollte nicht riskieren, das gleiche Schicksal wie Ingeborg Bachmann zu erleiden, aber heute Abend machte sie eine Ausnahme. Sie ließ ihren Blick über die ersten Sätze gleiten. Nach wenigen Absätzen hatte sie ihren Rhythmus gefunden. Der Text war ruhig und klar.

***

Als sie müde wurde, legte sie das Buch auf den Boden und schaute bewusst nicht auf die Uhr. Sie nahm ihre Brille ab und stellte sie auf dem Nachtkasten ab, schaltete die Leselampe aus und dachte in der Dunkelheit kurz daran, dass womöglich das Lesen im Bett ihr sicherer Ort war. Sogleich korrigierte sie sich, mit einem letzten Gedanken, zu dem sie noch imstande war: Es gibt keinen sicheren Ort. Nirgends.

Vierte Auflage
© Edition Atelier, Wien 2017, 2024
www.editionatelier.at
Cover: Jorghi Poll
ISBN 978-3-99065-043-1
E-Book ISBN 978-3-903005-47-1

Das Buch ist urheberrechtlich geschützt. Alle Rechte vorbehalten, insbesondere für Übersetzungen, Nachdrucke, Vorträge sowie jegliche mediale Nutzung (Funk, Fernsehen, Internet). Kein Teil des Werkes darf in irgendeiner Form ohne schriftliche Genehmigung des Verlags und der Autorin reproduziert oder weiterverwendet werden.

Weitere Bücher finden Sie auf der Website des Verlags:
www.editionatelier.at